目次

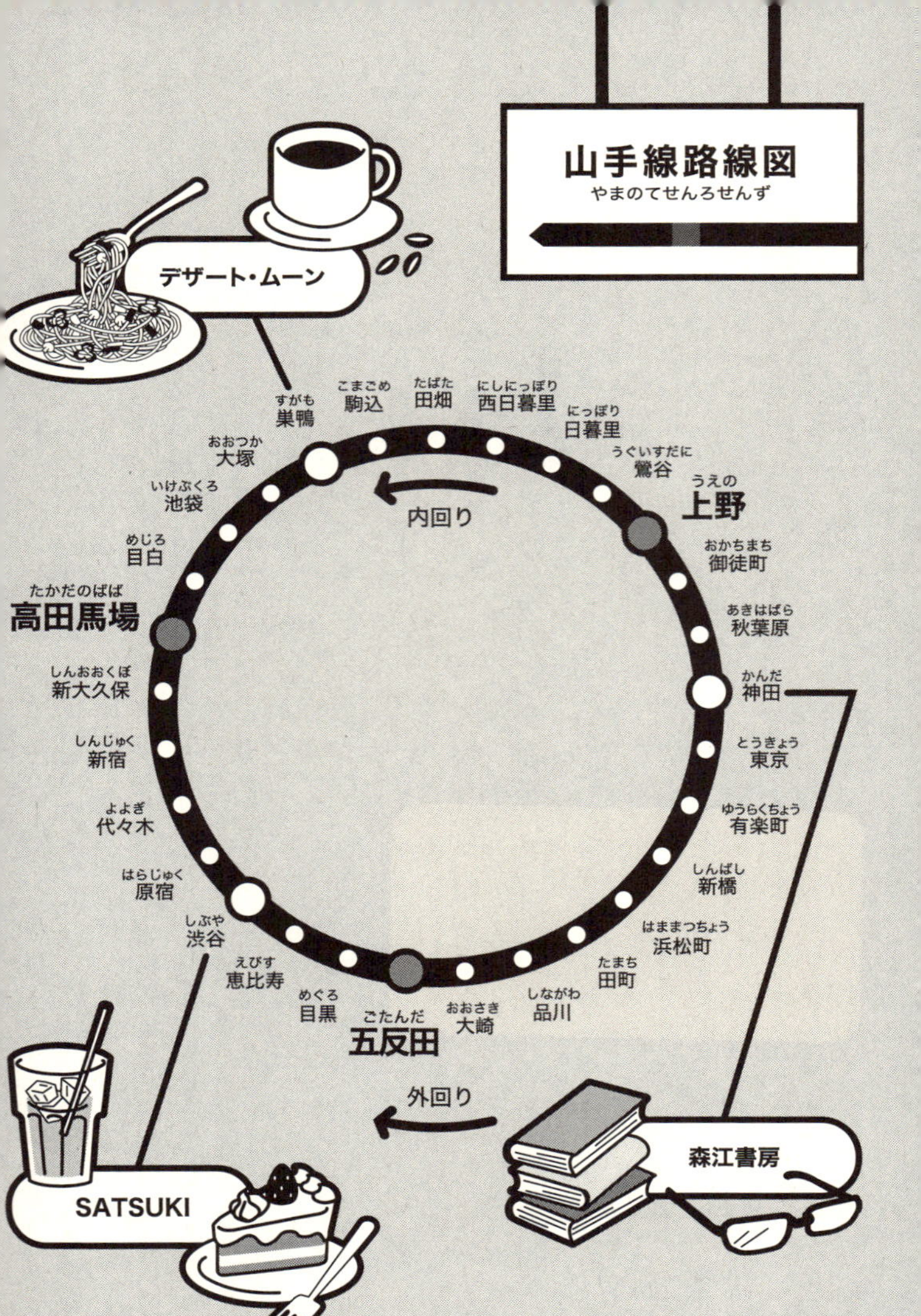
山手線路線図
やまのてせんろせんず
デザート・ムーン
巣鴨《すがも》
駒込《こまごめ》
田端《たばた》
西日暮里《にしにっぽり》
日暮里《にっぽり》
鶯谷《うぐいすだに》
上野《うえの》
御徒町《おかちまち》
秋葉原《あきはばら》
神田《かんだ》
東京《とうきょう》
有楽町《ゆうらくちょう》
新橋《しんばし》
浜松町《はままつちょう》
田町《たまち》
品川《しながわ》
大崎《おおさき》
五反田《ごたんだ》
目黒《めぐろ》
恵比寿《えびす》
渋谷《しぶや》
原宿《はらじゅく》
代々木《よよぎ》
新宿《しんじゅく》
新大久保《しんおおくぼ》
高田馬場《たかだのばば》
目白《めじろ》
池袋《いけぶくろ》
大塚《おおつか》
内回り
外回り
森江書房
SATSUKI

作成・矢萩香織

五反田駅事件

男自身よりも先に、男が手にしている本が目に留まった。

山手線内回り、渋谷・品川方面行きの車内である。

電車内で本を読む人間は珍しくない。一昔前と違って、文庫や新聞よりも電子書籍リーダーやスマホ——スマートフォン——を手にしている者の方が圧倒的に多いが、それでも紙媒体の書籍を通勤のお伴にしている者もまだ少なからずいる。

男が読んでいるのが文庫だったら、折川《おりかわ》イズミも気付かなかったかもしれない。

だが男が読んでいるのは新書より若干大きめの単行本で、少しだけ見える表紙の菫《すみれ》色から、イズミが勤める森江《もりえ》書房《しょぼう》から昨日発売されたばかりの本に違いなかった。

タイトルは「Violet Mystery」。

行方不明になったヴァイオレットという名の少女を追うミステリで、イギリス人の著者が書いた翻訳本だ。タイトルを和訳しなかったのは、訳者も編集者もオリジナルと同等かそれ以上の和訳をひねり出すことができなかったからだと聞いている。カタカナにしても雰囲気が損《そこ》なわれるということで、そのまま英語のタイトルが使われることになった。

ただでさえ不況と言われている出版業界で横文字のタイトルなど無謀もいいところだ。しかし森江書房は財閥の三男に生まれた社長が道楽半分に興《おこ》した会社で、大衆受けするような本はもともと出版していない。社員も十数人で、各出版物の発行部数も少ない方だから、発売直後とはいえ、実際に読者を目の当たりにしたイズミは束の間疲れを忘れた。

混んではいないが新宿から発車前に駆け込んだイズミは座れず、ドアから少し離れた座席の前の吊革《つりかわ》につかまっていた。男はイズミの左斜め前の端に座っている。

十月に入り、やっと秋らしいファッションが楽しめるようになった矢先だというのに、男は黒いパンツにグレーのジャケット、ダークグレーのショルダーバッグと、秋を通り越して冬になったような地味な暗色を身に着けている。うつむいた顔はよく見えないが、頭髪に数本の白髪が見えることと、やや骨ばった手から、三十代後半から四十代前半とイズミは踏んだ。

代々木を抜けると高層ビルがぐっと減り、原宿に近付くにつれて右手に明治神宮御苑《ぎょえん》と代々木公園の緑が広がる。東京のど真ん中にもこんな森があるのだと、どことなくほっとする光景だ。

ちらりと腕時計を見やると、十六時まであと五分という時間だった。

次のアポは十六時半で、渋谷駅から徒歩十分ほどの距離だから充分間に合う。

渋谷が近付いてきたところで、イズミは再度男に目をやった。

新宿駅から渋谷駅まで山手線だと約七分。

繰られたページ数から察すると、男はかなりじっくり読んでいるようだ。

スーツでもなくこんな時間に山手線で読書を楽しんでいる男は、少なくとも平日フルタイムのサラリーマンではないだろう。電車という移動手段と、男の恰好、たたずまいから、イズミは男の職業を想像した。

専門職か自由業、もしくはこだわりのある飲食店のシェフ――

販売員や営業は男の雰囲気からして考えにくい。けして安くはない新刊本と地味ながらも小ざっぱりとした服装から、無職とも思えなかった。

あれこれ推測しているうちに電車は渋谷駅に停止した。

開いたドアの方へ速やかに足を向けながら、自社本を読んでくれている男にイズミは心の中で礼を言った。

誰だか知らないけれど、ありがとうございます――

無言で男の前を通り過ぎたが、つい小さく頭を下げてしまった。

イズミの仕草に気付いたのか男が顔を上げたように思えたが、確かめることなくイズミは急いで電車を降りた。

「折川さん、どうも！」

にこやかに手を振ったのは、渋谷のカフェ「SATSUKI」のオーナー・小岩井《こいわい》沙月《さつき》だ。

SATSUKIは本や雑貨を販売しているセレクトショップを兼ねたカフェで、森江書房の本も贔屓《ひいき》にしてくれている。入り口はドアを含めて総ガラス、床はアイボリーのビニールだが、壁と天井は板張りで木材独特の温かさがある。テーブルと椅子も木製で、正方形のテーブルは基本二人用だ。固定されてはいないから人数に応じてつけたり離したりできるようになっているものの、SATSUKIを訪れる客のほとんどは一人か二人連れである。

「お世話になっております。昨日来ようと思っていたんですけど遅くなってすみません！これが夕方まで届かなくて……メールにも書きましたが、こちらに置いてもらえないかと思いまして」

「ヴァイオレットのポップよね。わくわく。早く見せて」

小岩井は四十一歳で、夏に三十一歳になったイズミより十歳年上だ。すらりとした美人で、適度な愛嬌と厳しさを持ち合わせている。

「じゃーん！　作者の直筆サイン入りです！」

「わー、すごい！」

「本当は発売前に届く筈《はず》だったんですけどね……作者が気に入る紫色の紙がなかったとかで。しかも英語ですし。一応裏に訳つけましたけど」

「大丈夫、大丈夫。ウチ、英語判るお客さん多いから」

また、本や物にこだわりそうなSATSUKIの客層には、かえってこの方が喜ばれるに違いない。

「ウチはポップは滅多に作らないんですが、作者に日本人の友人がいて、その友人から日本の書店のことを聞いたらしくて、自作のポップを送ると――」

ポップとはPOP広告――Point Of Purchase advertising――の略で、商品説明が書かれた紙のことだ。謳《うた》い文句や文字、イラストなどの工夫次第で、小さくとも高い宣伝効果があるので書店では重宝されている。

「あはは、いいじゃないの。本と一緒でこだわりの人なんでしょ？」

「そうなんです」

表紙に使われた菫色よりほんのり濃い紫色のハガキ大の紙に、整ったカリグラフィー文字が濃紫のインクで記されている。

「インクまでディープ・パープル……いや、ヴァイオレットか。いいよね。パープルよりもヴァイオレットっていう言い方の方が好き」

ポップの端をなぞりながら小岩井が言った。ナチュラルな仕草と言葉がまさに「大人の女性」で、つい同性の先輩として憧れてしまう。

「喜んでいただけてよかったです」

「カバーもこういう色だと、どうしてもちょいエロか安っぽくなるけど、流石《さすが》森江書房さん、しっとりミステリアスに仕上がってる。原本も見たけどこっちの方がいいわ」

「そこはウチの編集が頑張りました。ありがとうございます！」

森江書房が借りているのは神田にある小さなビルのワンフロアだ。外出が多いイズミだが、部署間の情報は筒抜けで、編集チームが装丁までしっかり打ち合わせしているのをイズミは知っている。カバーの菫色についてはまさに小岩井の言うようなことを踏まえた上で、担当編集者が推してデザイナーに掛け合った。

バックヤードまでスタッフがコーヒーを運んでくれて、イズミは腰を落ち着けた。オフィスとは言い難い狭く細長いスペースだが、従業員のロッカーの他に小岩井のデスクとパソコン、客用の椅子が備えられている。

「仕事の話は置いといて――折川さん、最近どう？」

「どうって……恋愛系ですか？」

「そう、恋愛系」

にっこりと小岩井は目を細めたが、あいにく――いつもながら――報告できるようなニュースはなかった。

「ないですよ。なんにも。出会いなんてそうそう転がってないんです、現実には。もう半分諦めてます」

「ということは、まだ半分は期待している」

「うっ……そういうことになりますかね」

「そういうことになりますねぇ」と、小岩井はにやにやした。

店でしか会わない「取引先」の小岩井だが、二年前にイズミが森江書房に転職して以来の付き合いだ。小岩井の人柄に惹かれていることもあって、営業のついでにプライベートな話もよく交わす。

——二年前、二十九歳だったイズミは五年越しの恋を失った。

相手は前の職場の先輩でイズミより二つ年上だった。正式なプロポーズはまだでも結婚前提だったというのに、新しい上司に紹介されたという女に、あっさり乗り換えられたのだ。相手の女は当時二十四歳で、上司の紹介ということよりも、年齢を聞いてがっかりしたものである。

選ばれなかった失意は、今でも時々イズミの胸を疼《うず》かせる。だが最後の数ヶ月が二股状態だったと知って男への未練は綺麗さっぱり捨てることができた。

別れてすぐに転職活動を始めて、二ヶ月後に採用されたのが森江書房だ。希望していた事務ではなく経験のない営業だったが、心機一転にはちょうどいいと考えた。

転職後、営業チームの先輩である鳥飼達也《とりかいたつや》に連れて行かれた最初の営業先がSATSUKIだった。

チームといっても森江書房ではそれまで営業は鳥飼一人しかおらず、イズミが雇われて初めてチームとなった。社員が少なく、ワンマン色の強い森江書房には「部」は存在せず、職歴に応じた給与の差はあっても役職による格差はない。

鳥飼が一人で担当していた営業の、都内と近隣の県をイズミが引き継ぎ、鳥飼は今は政令指定都市を中心に地方の営業に力を入れている。

今年三十五歳の鳥飼は営業だけにトークが上手いが、たまに調子に乗り過ぎる。初めてSATSUKIを訪れた時も、イズミを小岩井に紹介しながら、つるっとイズミの転職経緯と恋愛事情を小岩井に漏らしてしまった。

——いや、あれは単に、小岩井さんの恋愛事情を探りたかったからに違いない。

鳥飼はいわゆるイケメンで、遊び相手には不自由していないようなのだが、どうやら本命は小岩井らしい。他の営業先にはもう一切口出ししないのに、SATSUKIのことは担当を離れて二年経っても気にかけている。本人は平静を装っているつもりらしいが、SATSUKIへの営業報告——特に小岩井の話をすると集中度が全然違うし、小岩井会いたさに、客としてSATSUKIに時々顔を出しているのをイズミは知っている。

「小岩井さんこそどうですか？」

何か聞き出せたら、もったいぶって鳥飼に教えてやろうと思い、イズミは訊いた。

「私？　ないわー。半分どころか九割九分諦めてるわ」

「でも一分は期待している」

「そういうことね。積極的に探すほどの情熱はないけど、いい人がいたらお付き合いしたいわ……負け惜しみと思われるのが嫌だから、人を選んでしか言えないけど、本当の本音。仕事は好きだし、リッチとはいえないけれど経済的に安定してる。友人関係にも恵まれている方だし、一人でいるのも嫌いじゃない。となると、なーんか恋愛って面倒で後回しになっちゃうの。結婚なんて尚更《なおさら》よ」

「それは私も同じです。前は三十前に結婚したい、って思ってましたけど、今は仕事も気に入ってるし、なんだか一人の方が気楽だし……本当の本音です」

本音だが友人の間でも言いにくいことだ。

学生時代から結婚に対してぶれなかった友人のほとんどは、望み通り二十代のうちに結婚していて、内、半数は既に子育て中だ。仕事を楽しんでいた友人も、三十路《みそじ》を過ぎると徐々に焦りが出てきたようで、合コンや婚活に忙しい。中にはイズミや小岩井寄りの者もいるのだが、本音を口にすれば言い訳や負け惜しみと思われるのが関の山だから、いつもは曖昧《あいまい》に誤魔化してやり過ごしている。

「判るわー。判っちゃ駄目なんだろうけど判るわー」と、小岩井は苦笑した。「でも私はもう四十代だから、諦めるというよりも諦めざるを得ないこともいろいろあるけれど、折川さんはまだ若いから」

「今の時代、四十代だって充分若いですよ」

「うふふふ、そうなのよね。私もそう思うんだけど、これもやっぱり下手に人には言えない本音なのよ。折川さんにはつい言っちゃうけどね。だって折川さんはなんだか話しやすいんだもの。鳥飼さんも言ってたけど、営業に役立つ才能だわ」

「鳥飼がそんなことを？」

「鳥飼さん、時々仕事帰りに寄ってくれるのよ」

――知ってます。

「昨日も出張の帰りに寄ってくれて、新刊の話をちょっとしたわ」

それは知らなかった。

女の勘といおうか、小岩井の様子からすると鳥飼に脈はなさそうだが、小岩井の口から自分の名前が出ただけでも鳥飼は喜ぶような気がした。

「ああ、そういえば、これも鳥飼さんが言ってたんだけど、折川さん引っ越したんですってね」

他の人に漏らされたらプライバシーの侵害だと怒るところだが、相手が小岩井なら全然かまわない。むしろ、小岩井と話すために鳥飼がわざわざネタにしたのだろうと想像すると、一つ貸しができたと内心にやりとしてしまう。

「そうなんですよ。朝霞台《あさかだい》から巣鴨に引っ越したんです。ちょっと家賃上がっちゃいましたけど、築年数が浅くて綺麗だし、駅まで徒歩十五分なんです。前も東上線の朝霞台駅まで徒歩十五分だったけど、新しいアパートは直接山手線に乗れて会社まで乗り換えなしなんで、すごくラクです」

「そうそう、鳥飼さん、そんなこと言ってたわ」

鳥飼めー。

「巣鴨って、二十年前くらいに行ったきりだわ。祖母が亡くなる前だったから、そう、ちょうど二十年前かな。祖母に付き添って地蔵通《じぞうどお》りを歩いたのを覚えてる」

「噂に違わず、基本お年寄りの街なんですけど、最近は若い人も観光客も増えてるし、ミシュランガイドに載るようなお店もあるんですよ。――って、全部不動産屋の受け売りですけど」

「じゃあそのうち、おすすめのお店を教えてね」

「ええ」

トータルで三十分ほど話をしてから、イズミはSATSUKIを後にした。

日中でも人の多い渋谷だが、十七時を過ぎると仕事帰りの者たちで通りには更に人が溢れる。道玄坂を急いで下りて駅に向かったものの、夕方のラッシュは既に始まっていた。

一度神田に戻り、会社に寄ってから帰るつもりだったが、先に夕飯を済ませることにする。多少遅くなったところで、誰かしらはオフィスにいるから困ることはない。

グルメサイトで気になっていたこじゃれたレストランの一つに足を運ぶと、十七時を回ったばかりだからか並ばずに座ることができた。

前の職場にいた頃はこういったレストラン——しかも渋谷のような場所柄で、一人で食事をするなど考えられなかったが、いまやまったく気にならない。

——営業に慣れたのと、やっぱり年かな。

チェーンの丼もの屋や定食屋に始まって、ラーメン屋や立ち食い蕎麦屋など、年々ハードルが下がってきたようだ。一たび慣れてみると、注文を即決するのも、じっくり選ぶのも自分次第で、相手を気遣うという煩《わずら》わしさがなくていい。

年を取るのも悪くない。

週末ならともかく、平日の仕事帰りなら一人に限る——

などと満足しながら、イズミは話題のトマトソースパスタを平らげた。

週半ばの水曜日の夜だった。

水曜日は朝と夜で、気の持ちようが大きく違う。山を越えたとでもいおうか。朝にはまだ週の半分以上残っている「仕事」が、夕方には半分以下になっているのだ。職種や仕事の好き嫌いにかかわらず、土日休みのサラリーマン——と学生——ならこのほんのりとした昂揚感《こうようかん》を判ってもらえるような気がする。

食後に辺りの店を少し覗《のぞ》いて、十九時を過ぎてから駅に向かった。

銀座線の方が座れる可能性は高そうだったが、つい手前のハチ公改札口から山手線に乗ってしまう。

三時間前よりましだが、車内はまだそこそこ混んでいる。

品川でごっそり人が降りた時、一つ離れた出口の傍の男に気付いた。

SATSUKIを訪れる前に見かけた男だ。

同じ内回りの山手線だが、三時間前とは車両が違う。男の座っているのはやはり端の席だが、先ほどとは反対側だった。

すごい偶然——

男もどこかで用事を済ませ、これから帰宅するのだろうと思ったイズミだったが、男の手元を見て考え直した。

渋谷駅で降りる前に見た時、男が繰っていたのは五十ページ辺りだった。それが今は後ろに十数ページを残すのみだ。速読している様子はないから、この三時間、男はViolet Mysteryを読みふけっていたと思われる。

営業を仕事にしてきたこの二年で、人を見る目や洞察力が養われたとイズミは自負していた。顔や名前を覚えるのも得意な方で、そうでなければがらがらでもない車内で男に気付くことはなかっただろう。

　真ん中から端に移動したならともかく、端に座っていたにもかかわらず席が変わっているのは、男が一旦降車したからではなかろうか。男の用事は短時間で終わるものだったか、夕食だとしたら食事中も本を読み続けていたと思われる。

　新橋、東京と過ぎても男は電車を降りる気配がない。

　イズミは渋谷から品川まで男に気付かなかったが、もしも新宿より手前で乗車していたら、男の乗車は移動手段ではなさそうだ。新宿・東京間なら中央線があるし、新宿・神田間なら外回りの方が早い。

　山手線は環状運転で、一周すると約一時間だ。

　夏ならエアコン、冬なら暖房目当ての車内での暇潰しもアリだろう。だが、この時節ならまだ公園やカフェのテラス席でも寒くない。身なりからして金に困っているようには見えないから、よほどのけちか変わり者でない限り、本に夢中になって時を忘れていると考えるのが自然だろう。

　作家さんも嬉しいだろうな――

　まだ担当が会社に残っていたら、メールででもこのことを作家に伝えてもらおうと思った。作家だけでなく、会社のみんなも喜ぶだろうと想像すると顔がほころぶ。

　アナウンスが流れ、電車が神田駅に滑り込んだ。

ふいに男が顔を上げてこちらを見た。

思っていたより目鼻立ちがはっきりしていて、整った顔をしている。が、イケメンと言い切るには微妙なラインで、好みに大きく左右されそうだ。

コンマ一秒でそれだけを見て取って、イズミはさっと目をそらした。

平静を装っていつもの足取りでドアから出たが、不審に思われたのではないかと胸が波打つ。

が、それもほんの十数秒で、ホームの階段に足をかけながらイズミは自嘲《じちょう》した。

──自意識過剰だよ……

イズミは身長百六十センチ、体重五十キロと、平均を地でいく体型だ。色白ではないが、外出が多いから人並みにUVケアをしていて特に黒くもない。当たり障りのないセミロングヘアはダークブラウンで、ローポニーテールにシュシュで簡単にまとめてあるだけ。肝心の顔立ちも「そこそこ愛嬌がある」というのが最大賛辞で、良くも悪くも一目で人の記憶に残るような容姿でないという自覚はあった。

いちいち気にしてたら、三十過ぎて営業なんてやってられんわ……

今のはちょっと自虐かな？　と思いながら、イズミは改札に足を向けた。

翌日の木曜日、イズミは五反田駅で山手線を降りた。

東急池上線沿線の書店へ営業に向かう途中で、十三時まで十分ほどという時間だった。ラッシュアワーとは比べ物にならないが、昼休み中だからか車内も駅もそこそこ混み合っている。

五反田駅のホームには立ち食い蕎麦屋がある。

イズミが降車したのはその蕎麦屋のすぐ近くで、揚げ物の匂いを嗅いだ途端、まだ昼食を入れていない腹が派手に鳴った。

さりげなく左右を窺《うかが》ったが、他人の腹の音ごときを気にする暇人はいなかったらしい。ほっとして、次の瞬間小さく苦笑する。

年々図太くなってきた自覚はあるが、腹の音を恥じる程度には自分はまだ「乙女」らしいと思ったからだ。

東急池上線の案内を見やって歩き出したイズミだったが、数歩のところにあった蕎麦屋のメニューの前で足を止めた。

アポの時間は十四時で、乗車と徒歩時間を考えると余裕があるとは言い難い。だが立ち食い蕎麦には充分だ。降車駅である旗の台のカフェかファストフードでランチにしようと思っていたが、今ここで蕎麦を食べるべきかどうか。

――いやいや、立ち食いはともかくホーム蕎麦はないだろう？

と、頭の中で乙女なイズミが囁《ささや》いた。これまで駅前の立ち食い蕎麦屋に入ったことはあっても、ホーム上の麺屋に入ったことはない。

——全然アリでしょ。中でも外でも変わんないよ。安くて早くてヘルシーじゃん。

と、オヤジなイズミが言い返す。

——かき揚げ足したら一緒だろ！

——かき揚げ足してもファストフードよりましだし、カフェ飯なんかコスパ悪いじゃん。カロリー気になるなら、かけ蕎麦にすれば？

——ホームでかけ蕎麦なんて、しみったれててそれだけで嫌。

——え、かえって通っぽくないですか？　大体初めてだなんて他人には判んないよ。

——立ち食い蕎麦の通ってオヤジか、あんた？

——そうかもね。だってもう言葉遣いからして乙女じゃないわ……

店内を覗くと券売機は中で、ランチタイムの店内はそこそこ混んでいる。

ドアの前でもう一度メニューをちらりと見ると、後ろから男の声がした。

「迷ってるならどいてくれませんか？」

言い方は丁寧だったが、声には苛立ちと嫌みがこもっている。

「あ、すみません……」

振り向きざまに男を見上げて、イズミは目を見張った。

この人——

昨日、山手線でViolet Mysteryを読んでいた男だった。

昨日とは逆に今日はグレーのパンツに黒いカーディガンで、ショルダーバッグはネイビーだ。思ったより足が長かったようで、イズミより十五センチほど背が高かった。

驚いたイズミを見て、男も軽くはっとした。

何か言うべきか迷ったが、何も言うべきではないとイズミは横に一歩退いた。

ちょうど反対側に外回りの電車が入って来たところだった。

「お先にどうぞ」

言った途端に店の後ろで女の悲鳴が上がった。

電車の走行音の間に「パン!」という小さな破裂音と「ドン」という鈍い音が重なる。

それから「カン、カン、カン」と小さく短い音が続いた。

男の横をすり抜けてイズミが急いで反対側へ走ると、ホームにうずくまっている男女が数人見えた。ホームドアにもたれるように倒れていた女が身体を起こし、呆然としてまだ入線中の電車を見つめている。

うずくまった人々の中で一番近くにいた、スーツを着た女にイズミは駆け寄った。

「大丈夫ですか?」

「あ……多分……」

とっさに顔をかばったのだろう。頬にやった女の右手の甲が二センチほど切れて、血が流れ始めている。イズミはすぐにバッグを探ってポケットティッシュを取り出すと、パッケージから中身を一度に取り出して女に差し出した。

落ちていた破片から、砕けたのはスマホだと判った。

「後ろから誰かが――誰かがあたしを押したんです！」

身体を起こした方の女が叫んだ。女の手のひらと膝はすりむけて血が滲《にじ》んでいる。ウェイビーなロングヘアにハーフコートと短めのスカート、やや高めのヒールという恰好だが、ギャルというには少し年がいっていて、二十二、三歳に見える。

どうやら女は何者かに押されて転び、その拍子に手にしていたスマホが投げ出されたらしい。スマホは入線中の電車に当たって弾け、破片の一片が通りすがりの女の方へ飛んだ。ホームに散らばった破片は少なく、大部分はホームドアの向こうに落ちたようである。

――ドアがなかったら、この人、電車に接触してた……

破裂音と重なった鈍い音は女がホームドアに当たった音に違いなかった。

イズミが青ざめると、女も同じことを考えたのか身体を震わせた。イズミの傍《かたわ》らの、手を怪我した女も傷を見ながらじんわりと涙ぐむ。

電車が停止して、降車してきた人々が何ごとかと怪訝《けげん》な顔でこちらを窺う。

幸い怪我をしたのは二人だけだった。反射的にうずくまった数人はすぐに立ち上がり、自分の無傷を確認すると安堵《あんど》の表情を浮かべた。怪我人に声をかけたのはイズミの他一人だけだったが、立ち止まった野次馬が十人ほどいた。内、数人が手にスマホを構えている。

SNSにでも投稿するつもりなのか。

腹が立って見回すと、スマホで顔の上半分が隠れた男の口元に微《かす》かな笑みが浮かんでいるのが見えた。

「笑うとこじゃないと思うんですけど……」

咎《とが》めるようにイズミがつぶやくと、周囲が一斉にその男を見た。

「あ……私は――」

慌ててスマホを下ろしたのは五十代の男だった。イズミと変わらない身長で、ダークグレーのスーツを着ている。白髪交じりの髪が後退気味で、少し歯並びが悪いが、それも含めてまさにどこにでもいそうなサラリーマンだ。

転んだ女が立ち上がって男を指差した。

「そのスーツ！　あたしの横をよけてった人でしょ！　なんで笑ったの？　あんたが押したの？　なんでよ！　あたしあんたになんかした？」

「ち、違います……私は押してません！」

男は手を振って立ち去ろうとしたが、駆けつけてきた二十代半ばの若い駅員が男の正面に立ち、行く手を阻《はば》んだ。

「あちらで少しお話聞かせてください」

「違います！　私はただ……」

男の言い訳は、鳴り始めた発車メロディに遮られてイズミの耳には届かなかった。

すっとグレーの影が通り過ぎ、イズミは顔を上げた。

蕎麦屋の前にいた男が、発車寸前の電車に乗り込むところだった。

「あの、お大事に」

傍らの女に声をかけ、バッグをつかむとイズミも電車に飛び込んだ。


ドアが閉まる直前に乗り込んだイズミに男はぎょっとしたものの、すぐに目をそらして車内を見渡した。

端の優先席の真ん中に一人分空いているシートが見えたが、ちらほら立っている乗客をかいくぐってまで確保しようとは思わないらしい。ドア付近にある少し高い吊革につかまった男の前に、イズミはわざわざ回り込んだ。

「あの」

小声で声をかけたイズミを、男は面倒臭そうに見下ろした。

「……お蕎麦、食べなくてよかったんですか？」

「君こそ」と、男はにべもなく短く応えた。

「私はもともとあそこで食べようかどうか迷ってたんで」

「俺はちょっと食欲を失ったもんで」

「ですよね……」と言いながら、釈然としないものをイズミは感じた。

男が真犯人、などと突飛な考えはない。

被害者の女が押されて転んだ時、男はイズミの目の前にいた。

ただ、イズミが見渡した近くの野次馬の中に男の姿はなかったように思う。

事件や事故を目撃しても、見て見ぬふりをする者がいるのは知っている。そういった人々はイズミが思っているよりもずっと多く、先ほどもまさにそうだった。

面倒なことにはかかわりたくない。

ことによってはイズミもそう思う時がある。だから男の無関心をなじるつもりは毛頭なかった。

しかしイズミが違和感を覚えたのは、この男があの程度のことで食欲を失うようには見えなかったからだ。

被害に遭ったのは二人だけで、多少の傷痕は残るかもしれないが、どちらも軽傷だ。真夏と違って肌を露出していた者はほとんどいなかったし、転んだ女ももう少しスカートの丈が長かったら、膝の擦り傷は負わずに済んだだろう。

「――何か、見ませんでした？」

イズミが問うと、男はまた優先席の方をちらりと見やってから問い返した。

「何かって？」

「誰か怪しい人とか――」

「俺は蕎麦屋のドアを見ながら君と話していたんだが？　押されたところも押した人間も見えた筈がないだろう」

莫迦《ばか》か、お前は――という言外の台詞が聞こえそうなくらい、呆れた視線を向けて男は応えた。

「ですよね……」

状況から察するに、転んだ女はイズミと同じ内回りの山手線に乗っていて、イズミより新宿よりの車両から降車した。それから出口へ向かう客を少しでも避けようと、蕎麦屋を外回りの2番線側から回ったところで誰かに背中を押されたのだろう。投げ出されたスマホは女の前から入って来た電車によって弾き飛ばされ、女の後方――蕎麦屋の新宿寄りで外回りを待っていた者たちが身をかばうためにうずくまった。

「君はあの男が押したのが見えたのか？」と、今度は男が訊いた。

「まさか。でもあの人が笑ってたのは本当です」

「だから犯人だとでも？」

「犯人だなんて、私一言も言ってません。でも女の人は、あの人のスーツに見覚えがあったみたいじゃないですか」

「あの男の他にも、グレーのスーツを着ている人はいた」

そうなのだ。

イズミがなじった男の他に少なくとも二、三人は似たようなスーツを着ているサラリーマンがいた。スーツ自体も量産型と思われるなんの特徴もないものだったから、色だけで犯人と決めつけるのは早計だ。

「でも笑いながら写真撮ってたんですよ？　悪意があるとしか思えません」

「人の不幸を喜ぶやつなんて珍しくもない。目撃談や写真をネットで意気揚々とネタにしているやつも多いじゃないか」

「そうですけど、駅員さんが話を聞くと言っていたから……」

男の言うことはもっともで、イズミは尻すぼみに言葉を濁《にご》した。

転んだ女が男に詰め寄った時は、自分のささやかな正義感が報われた気がした。

だが男の言い分を聞くうちに、あの中年は単なる野次馬だったのかもしれないとイズミは不安になった。

「ホームにはいくつかカメラがあるから、あの男が犯人かどうか、調べればすぐに判るだろう」

「あ、そうですよね！　よかった」

ほっとして頷くと、次の駅を知らせるアナウンスが鳴って、近くの座席の端に座っていた女が立ち上がった。

すっとイズミの横をすり抜けて、男が当然のように空いた席に腰を下ろす。

――え？　ここは譲ってくれるところじゃないの？

男の方が年上には違いないが「老人」というにはほど遠い。

日常的に男女同権を唱えながら、こういう時だけレディファーストを要求するのは間違っている。

そう判ってはいるものの、ついイズミはむっとしてしまった。

停止した電車のドアが開く。

男はもうイズミのことなど忘れたかのごとく、ショルダーバッグから文庫本を取り出した。文庫は見覚えのない他社の物で、栞《しおり》は真ん中よりやや後ろに挟まれていた。

今日は何を読んでるんだろう――？

ページ上に記されたタイトルが見えないかと、それとなく覗き込んだイズミを見上げて慇懃無礼《いんぎんぶれい》に男が言った。

「いいんですか？」

「何がですか？」

「だって君、これだと戻ってるんじゃないの？」

「え？　あ？　やば！」

ホームに「目黒」の看板が見えて、閉まりかけたドアから慌てて降車する。

男につられてつい外回りに乗車してしまったが、イズミは池上線に乗り換えるために新宿から内回りで来て五反田で降りたのだった。

「うう……」

ひっきりなしに入線する山手線とはいえ、五反田でのタイムロスを合わせると、カフェやファストフードでのランチさえ今からは厳しい。

かといってホーム蕎麦デビューはまだ躊躇《ためら》われる。

仕方なくイズミはSuicaを取り出し、キオスクでゼリー飲料を購入した。

目黒駅まで往復して十分足らずしか経っていないというのに、戻った五反田の事故現場はもう何ごともなかったかのようだ。蕎麦屋を横目に見ながら今度こそ池上線へと続く階段へ向かう。

十三時を過ぎたからか、山手線の車内もホームもランチタイムより空いている。

五反田は池上線の始発駅だから、この時間帯なら次の電車には必ず座れる。とりあえず、ホームでの待ち時間にゼリー飲料を飲んで、空腹を誤魔化すことにしよう。

そう決めて乗り換え改札を抜けながら、イズミは男のことを思い出した。

犯人かもしれない中年男ではなく、昨日今日と合わせて三回も偶然出会った読書男の方である。二度あることは三度あるというが、実際には滅多にあることではない。事件が起きる前にホームにいたのだから、あの男もイズミと同じ内回りで五反田駅に着いたのではないだろうか。

だとすると、あの人だって来た道を「戻ってる」んだけど……

単なる日中暇な読書家だと思っていたが、ランチもホームで済ませようとは、あくまで改札を出ない方針なのか。

きっと、よほどのけちか変人なんだ――

声には出さずに男をけなしつつ、イズミは池上線のホームに急いだ。

五反田駅での事故は、その日のうちに少しだけニュースになった。

ただし犯人逮捕のニュースではなく、「歩きスマホは危険ですからやめましょう」といった教訓的なものだった。

――ということは、あのおじさんは犯人じゃなかったの？

一時間だけ残業したのち、イズミは鳥飼と共に退社して神田駅に向かった。

鳥飼は練馬《ねりま》から通勤していて、池袋で山手線から西武池袋線に乗り換える。イズミの住む巣鴨は通り道だから、巣鴨で一緒に飯でも食おうということになったのだ。

駅から徒歩十分ほどに、コーヒーとナポリタンの美味しい喫茶店があるという。

「いいですねー、ナポリタン」

「マスターも本好きのいい人なんだ。引っ越し祝いにおごってやるよ。折川の新しいアパートからそう遠くないし、贔屓にしてやってくれ」

店の名前は「デザート・ムーン」だった。カタカナ書きの看板は、昭和のスナックかと思うほど古臭い。

「お菓子の家ならぬお菓子の月。美味しそう」

イズミが言うと、鳥飼が呆れて小さく鼻を鳴らした。

「莫迦。この場合は、デザートじゃなくてデザートだ。お菓子じゃなくて砂漠だよ。砂漠の月」

「あ、なるほど」

白地に黒のこの昭和なゴシックフォントから、そんなロマンチックなセンスは感じなかったが、先輩の手前「文学的ですね」とイズミは付け足した。

「そうだ。文学的なんだ」と、鳥飼は満足げに頷いて店のドアを開けた。

カウンターが八席と、テーブル席が十六席。店内は思ったよりも広くて、テーブル間が充分空いているのがいい。カウンターも広めで背もたれのあるスツールが座りやすそうだ。

まだ十九時前とあって店内はほぼ満席だった。

飛び飛びに空いていたカウンター席にいた客が一人分詰めてくれ、鳥飼と並んでカウンター正面の端——コーナー寄りに座ることができた。カウンターは奥がコーナーになっていて、幅の狭い方に二つ、広い方に六つのスツールが置かれている。店員はカウンター内にいるマスター一人だけだ。

「マスター、ホットとナポリタンお願いします。コーヒーは後で」

「私も」

即座に言うと鳥飼が再び呆れた顔をしてイズミを見た。

「メニューも見ないで言うか？」

「だってコーヒーとナポリタンが美味しい店って言いましたよね？」

「ここのホットはダークローストが基本だけど、ミディアムも選べるぞ」

「美味しいならなんでもいいですよ。私、鳥飼さんほどこだわりないんで」

イズミが応えると、カウンターの向こうでマスターが微笑んだ。

「旨いですよ、ウチのコーヒーはどちらでも。——鳥飼さん、久しぶりだね。ヴァイオレット、読んでるよ」

「ありがとうございます」と、如才《じょさい》なく鳥飼が頭を下げる。

マスターが顎《あご》をしゃくった先には、食器棚の端に挟まれた本があった。「天」と呼ばれる本の上部がこちらに向いているからカバーは見えないが、マスターの台詞からすると Violet Mystery なのだろう。

「これ、前に言ってた営業の後輩です。こいつ、今月巣鴨に引っ越して来たんで、まずはここを教えとこうと思って」

「そりゃどうも」

「折川です。よろしくお願いします」

「マスターの榊《さかき》です。こちらこそどうぞよろしく」

稼ぎ時だが、店は榊が一人で回しているらしい。

年齢は四十代半ばといったところか。穏やかな顔つきで、身長は百七十センチほど。袖をまくった腕は引き締まっていて、全体的にがっちりしている割には動作に無駄がない。

喫茶店だけにドリンクメニューは十数種類がリストされているが、フードメニューはナポリタンとオムライスの二品、デザートはバナナブレッドとコーンブレッドの二品のみだ。朝はモーニングセット、週末は焼きそばがあるらしいが、平日はランチもディナーも同じメニューだ。

水はセルフサービスなのだが、ガラスのタンクの横にレモンスライスの入ったタッパーが置いてあるのがポイント高い。鳥飼が水を取りに行き、レモンはいるかと訊いてくる。客のいないところでは無神経な発言が多いが、こういう気遣いは得意な男だ。

水を飲みながら待つこと十五分でナポリタンが出てきた。

具はベーコン、ピーマン、玉ねぎのみ。惜しみなく使われているケチャップソースがてらてらしている。三十路を越えて摂取カロリーには気を遣っているイズミだが、下手な「カロリー控えめ」商品には惹かれない。ハイカロリーなものは食べる頻度を減らせばいいことで、がっつり系の食べ物はがっつりいただくのを信条としている。

「うわー、ベーコン、美味しいですね！」

一口食べて思わず声が出た。

「そういってもらえると嬉しいなぁ」

他の客から新たにオーダーされたナポリタンを作りつつ榊が言った。

「お、このベーコンの味が判るか？」と、鳥飼。

「判りますよ。ベーコンって脂身が多いからあんまり好きじゃないんですけど、これは脂のってても美味しいです。どこのですか？」

「北海道の『あんみファーム』ってところのだよ」

コーヒーを落としながら榊が応える。

「あんみ、ですか？」

「安い味って書くんだ」と、榊に代わって鳥飼が言う。「といっても安くはないけど、物がいいからコスパはいい。マスターのお母さんの嫁ぎ先なんだってさ。安味はただの名字だよ。マスターのお母さん、ダンナさんと死別して二十年後に再婚して北海道に嫁いだんだ。この店はマスターのお祖父さんの店で、マスターが跡を継いだの」

お前はまた人の事情をぺらぺらと――

が、別に隠していることでもないのだろう。「そうそう」と、出来上がったナポリタンを皿に移しながら榊が頷く。

「母はピーマンも玉ねぎも季節の時は送ってくれるんだけど、自分で消費しちゃうから、ベーコン以外は市販品。塩、コショウ、ケチャップに、最後に醤油をたらり」

「醤油が隠し味ですか」

レシピをもったいぶらないところもいい。

モーニングは七時から十時までで、閉店時間は二十一時。ディナータイムは榊一人だが、ランチタイムにはパートが一人入っているという。

ラストオーダーの二十時近くになるとちらほらと客が減り始めた。

鳥飼の言った通り食後のコーヒーも美味しく、ゆっくり味わいながら互いの営業先について話を交わす。

SATSUKIの小岩井の話になると、案の定、鳥飼の顔色が一段階明るくなった。

「おととい寄ったそうですね。小岩井さんが言ってました」

「そうなんだ。出張の帰り道、美味しいコーヒーが飲みたくなってさ。ヴァイオレットの発売初日だったから様子見も兼ねて」

「よく言いますね。SATSUKIに寄る気満々で、東京じゃなく品川で新幹線降りたんでしょ？　そもそも帰りが東京着六時過ぎってところがあざといです。会社に寄って帰りまーす、って見せかけて、実は直帰前提でしたよね？」

「お前、意外に賢いな」

「意外は余計です。っていうか、みんなこれくらい知ってますよ」

「だろうな。……SATSUKIで余計なこと言ってないだろうな？」

「余計なことってなんですか？」と、イズミはとぼけた。

鳥飼は一瞬渋面《じゅうめん》を作ったが、すぐに平静に戻って言った。

「それはそうと、編集の井岡《いおか》に聞いたんだが、山手線でヴァイオレットの愛読者を見かけたんだって？」

あからさまに話をすり替えてきたが、人の恋路——特に同僚の——に首を突っ込むつもりはもともとなかった。

「そうなんです。ちょうどSATSUKIへの行き帰りで見かけたんです。違う電車だったのにすごい偶然でしょう？」

「井岡は早速作者にメールしたってさ。あの本、かなり混乱するから前の部分を読み返したくなるだろ。一気読みできたらいいんだけど、このご時世、退職したお年寄りだってそこまで読書に時間取れる人は少ないだろうな。あの作者は欧米にはコアなファンがいるけど、まだ三冊目で和訳はヴァイオレットが初めてだ。だから今読んでくれてるのは、作者よりもウチを評価してくれてる人が多数だと思うんだよな」

「そうなんだよ」

イズミよりも先に、フロアからカウンターに戻って来た榊が相槌《あいづち》を打った。

「前の本も面白かったからね。森江書房の本、特にSFやミステリは社長さんのセンスに期待して買っちゃうんだ」

「いや、社長よりも社員のセンスを買ってくださいよ」

「ははは、ところでその山手線で見かけた人だけど――」

「あ、実は私、その人、今日も見かけたんですよ」

「え?」と、鳥飼と榊が同時に驚く。

「今日、五反田駅で……」

あらましを話すと、鳥飼が眉をひそめた。

「逆方向の電車に乗った挙句、なんで折川から話しかけてんだよ?」

「だって気になったんですよ。なんか目撃したんじゃないかと思って、つい」

「つい、って――そいつ、もしかしたら折川のストーカーかもしれないじゃんか」

「えっ?」と、今度はイズミが驚いた。

「だってそんな偶然が何回もあるか？　昨日ヴァイオレット読んでたのも、お前がウチの社員だって知っててわざとかも。今日だって、折川が蕎麦屋で立ち止まったのをいいことに話しかけてきたんじゃないか？」

「ないですね」と、イズミは言下に否定した。「全然そんな感じじゃなかったです。店の前では思いっきり『迷ってんならどけ！　ドアの前に立つな！』って感じだったし、電車で私が話しかけた時も『何この女、めんどくせー』って顔してました」

「あははは」と、榊が遠慮なく笑う。

「でもそういうツンデレがそいつの作戦……いや、それはないか。いくらなんでもそこまでしてお前をストーキングする物好きはいない」

「言い切られると、流石にムカつきますけど」

自分で否定しておきながら、他人に言われるとどうも複雑だ。

「そうか？」と、鳥飼はにやにやした。

「そうですよ。確かに私には一目惚れされるような要素はないですけどね、もしかしたら、仕事ぶりを気に入ってもらえたのかもしれないじゃないですか。ほら、書店さんを営業中かなんかに」

「なるほど。だったらウチの本で気を引いてみたが、ホームの立ち食い蕎麦屋で一人飯するような女だと判ったから気が変わったとか」

「は？　だったら声をかける必要ないでしょ。そのまま立ち去ってくれたらよかったんですよ」

「いや、最終確認で一言くらいは話しかけてみたいだろ」

「なんですか、最終確認って――」

イズミが口を尖らせたところへ「まあまあまあ」と、榊が割って入った。

「多分、その人に他意はなかったと思うよ、私は。でも面白い偶然だね」

「ですよね」

「アラフォーの地味な男って言ったよね。とすると、私の推理では今日読んでいたのはヴァイオレットじゃないね」

「そう！　今日は違う文庫でした。ウチの本じゃなかったです！」

「地味な恰好というと、黒いカーディガンに白いシャツ、グレーのパンツ……というモノクロな感じ？」

「そう、まさに！」

言ってから、これは推理の域を超えているとイズミは気付いた。

確かめる前に、二人連れの客が会計を頼み、榊はしばしイズミたちの前を離れた。

榊が戻って来ると同時に、ドアが開閉する音がした。

「だったらやっぱり偶然かな……あ、いずみちゃん！」

「はい」

と、応えてから再び気付いた。

私、マスターに名前言ったっけ――?


返事をしたイズミに、榊がきょとんとした顔を向けた。

「あれ? いずみちゃん?」

「はい。でもマスター、なんで名前を知ってるんですか?」

イズミが問いかけると、榊は文字通り腹を抱えて笑い出した。

「こりゃまたすごい偶然だ……ねぇ、いずみちゃん」

ドアの方を見た榊の目線を追って振り向くと、あの男が仏頂面で立っていた。

「ええっ?」と、イズミが驚くと、男の恰好を見た鳥飼も目を見張る。

「もしかしてこの人、今お前が話してた人? すげー、何これ? しかもなんと、名前も一緒?」

「名前……というか、名字なんだが」と、男が言った。

「そうなんだ。この人、名字がいずみっていうの。和の泉で和泉。だから本当はいずみちゃんなんだけど、なんか変だからいずみちゃんって呼んでるんだ」

「ちゃん付けしなきゃ済むことなんだ」

「まあまあ、こっちに座りなよ。今ちょうど和泉ちゃんの話をしてたところなんだ。あ、ちなみにこの人、名前はさとしね。怜悧《れいり》の怜に史実の史」

さらりと個人情報をさらされて怜史は榊を軽く睨《にら》んだが、カウンターの正面並びに空いた席ではなく、コーナーにいるイズミから一つ離れた一番奥の席に腰を下ろした。

「ナポリタンとホット」

短く言った怜史に、榊は頷いただけでコーヒー豆を取り出した。

「私は名前がイズミなんです。折川イズミ」

バッグから名刺を取りだしてとりあえず榊に渡す。

「へー、カタカナなんだ。珍しいね。それともあれなの？　ペンネーム的な？」

「いいえ、これは出生届の時に祖父が……」

「よほど思い入れのある名じゃなければ、誤記入だろう」

ぼそりと怜史がつぶやいた。

「え、すごい。どっちも当たってます。祖母の名前が『すみ』なんで、それにかけてひらがなで『いずみ』にするつもりだったのに、振り仮名で混乱しちゃって、名前を『イズミ』振り仮名を『いずみ』で提出しちゃったんですよね。どうして判ったんですか？」

「エリカやナオミならともかく、イズミなんて欧米で通用する名前じゃないし、あえてカタカナにする意味がない。最近の書類の振り仮名はひらがなが多いが、昔はカタカナの方が多かったしな」

「なるほど」

イズミが相槌を打つ横から、鳥飼が言った。

「私はまた、あなたが折川のストーカーだからご存じなのかと思いましたよ」

「俺が？　この人を？　なんのために？」

冷やかな顔と声は演技にはとても見えない。

思い出したように怜史は付け足した。

「――ということは、昨日のはやはり君だったんだ」

「あ、やっぱり気付いてました？」

「昨日の夕方、帰り際に……今日も五反田で。もしかしてとは思ったんだが、確証はなかった。森江書房の人だったのか。だから昨日こっちを見てたんだな」

「そうなんです。本が気になって」

本が、というところを強調してイズミは言った。

昨日二回見かけたことをざっと話した。流石に一度目のことは怜史は気付いていなかったようだ。

「昨日二回、今日二回か……呆れた偶然だな」

心底呆れた顔をして言った怜史を榊が笑った。

「そうかな。ここまでくると、偶然というより運命的じゃないか」

「ですよねー！」と、すかさず鳥飼が同調する。

「やめてください」

「やめてくれ」

イズミと怜史が同時に抗議すると、榊と鳥飼は更ににんまりとした。

イズミは頬を膨らませたが、怜史は冷静に話題を変えた。

「今日、午後に読んでいたのはこれだ」

怜史はバッグから文庫本を取り出してイズミに差し出した。

「気になっていたみたいだから」

文庫本はシリーズものの時代小説の最新刊だった。勧善懲悪《かんぜんちょうあく》が売りの超有名シリーズである。

これまた意外な……

が、見た目で人を判断してはいけない。

インテリ風の外見からしてこういう大衆向けの、しかも時代小説を読むようには思えなかった。しかしViolet Mysteryのようなマイナーなミステリから大衆時代小説まで網羅《もうら》しているとは、怜史はかなりの読書家らしい。

「本はついでで、今日気になったのは、五反田駅でのことです。和泉さんがあの状況でお蕎麦を食べずに行っちゃったから、もしかしたら何か目撃したのかな、と思ったんですけど。食欲なくしたっていうのは嘘じゃないんですか？」

人を自分の名前で呼ぶのは変な気がしたが仕方ない。

イズミが問うと、怜史は一瞬黙ってから応えた。

「君は意外に鋭いな」

だから「意外に」は余計だってば！

心の中では拳を握りしめたが、大人としても社会人としても分別がある——と思っている——イズミは、「どうも」という汎用性《はんようせい》の高い言葉を返してにっこりとした。

「……俺が気になったのは、白杖《はくじよう》を持っていたやつだ」

「白杖というと、視覚障碍者《しかくしようがいしや》の人ですか？」

「そうだ。あの事件があった時、ホームに白杖を持っていたやつがいた。電車を降りた時には気付かなかったが、野次馬の後ろの方から様子を窺っていた。そいつがさっさと電車に乗ったから、つい後を追ってみたくなったんだ」

そういえば怜史が見ていた優先席には、白杖を持った人がいたように思う。杖があるから他の人も遠慮して隣に座っていなかったのか。

怪我人に気を取られていたからか、ホームにいたかどうかイズミは覚えていない。

「和泉さんはその人が犯人だって思ったんですか？　あの女の人、押されたって言ったんですよ。杖ならひっかけられたって感じでしょう？」

「そうだな。足を取られたとは言ってなかった」

「障碍を持つ方なら、乗車には充分気を付けている筈です。そんな人が……」

「障碍者だから犯罪を犯さないとは限らない」

「というか、もしもその人の杖が原因だったなら、それは事故ですよ。事件じゃない。偶然杖が当たってしまって――」

「事件じゃないとどうして決めつける？　意図しない事故だったのなら、何故名乗りも謝罪もせずに立ち去ったんだ？」

「和泉さんこそ決めつけてるじゃないですか。もしも事故だったとしたら、きっと怖くなったんですよ。スマホが割れた時、結構大きな音がしたし……もしもホームドアがなかったらあの女の人、電車に接触して大怪我――ううん、亡くなってたかもしれないじゃないですか」

イズミが反論すると、怜史は小さく肩をすくめて、出されたコーヒーに口をつけた。

気まずくなった空気を読んだのか、おもむろに鳥飼が訊いた。

「和泉さん、ご職業をお聞きしてもいいですか？」

「職業？」

「はい。だって折川の話からすると、なんだか一日中、山手線に乗ってるみたいじゃないですか」

「それが仕事なんだ」

「え?」

イズミが鳥飼と同時に訊き返すと、榊が噴き出した。

「はいはい。真面目《まじめ》な顔して冗談言わない。和泉ちゃんはね、不労所得者なんです。山手線に乗ってるのはただの趣味。朝のラッシュが終わった頃から乗って、帰って来るのが今くらい」

「へー、いいですねぇ!」と、鳥飼が大きく頷いた。「あくせく働かずして充分な収入が得られるなら、私も電車に乗って一日中読書したいです」

営業という職種だが、鳥飼は本が好きだから森江書房に就職したと聞いている。怜史と榊も本好きらしいし、二年前まで文芸書などは年に二、三冊、ベストセラーを読むだけだったイズミはどうも肩身が狭い。

「充分、というのは人によりけりだけどね。和泉ちゃんは家賃収入で暮らしてるけど、別にミリオネアとかじゃないよ。自宅はこの近くのぼろアパートで、四畳半のワンルーム。トイレはついてるけど、シャワーはコインの共同で月三万円」

「うっ。そこは羨《うらや》ましくないな」

見た目は違うが、鳥飼と榊にはおしゃべりという共通点があるようだ。怜史は既に諦めの表情で、ぺらぺらと人の私生活をネタにする榊を、横目で一瞥《いちべつ》しただけである。

「それに山手線というのもちょっと……横向きで何周も本を読んでたら酔いそうだけど、和泉さんは酔わないんですか？」

「酔わないよ」と、怜史が短く応える。

「巣鴨から乗って巣鴨で降りるってことは、入場券で一日乗車してるんですか？」

思いついてイズミが訊いてみると、あからさまな軽蔑の色が怜史の目に浮かんだ。

「入場券で乗車はできない。不正乗車はばれたら正規運賃プラス違約金で三倍の料金が発生する。支払いを拒否したら告訴されることだってありうるんだぞ」

「そ、そうですか。知らなかったです」

「和泉ちゃんはね、定期券持ってるんだ」と、榊が口を挟んだ。

「山手線って定期券が買えるんですか？」

「買えるんです」

榊の説明によると、「山手線内均一定期券」なるものが存在するという。

「山手線内だったら中央線も乗り降り可能なんだよ。ね、和泉ちゃん？」

「ああ」

「和泉さんは鉄道マニアなんですか？」と、鳥飼が訊いた。

——莫迦。

ちらりとイズミは腕時計を見た。

鉄オタの話は長くなるぞ。

しかもこんな面倒臭そうな人に話を振るな！

「失敬だな君は。俺は鉄道マニアではない」

失敬なんて言葉、実際に使われてるの初めて聞いた——

「彼らは、俺には到底太刀打ちできない情熱と知識を鉄道に対して持っている」

怜史の口調からすると、鉄道オタクを莫迦にしている訳ではなさそうだ。

「でも和泉さん、いわゆる乗り鉄ですよね？」と、鳥飼が食い下がる。

「広義ではおそらく。用事がないからといって大阪に行くほどの金はないけどな」

「百閒《ひやつけん》も大した金は持ってませんでしたよ」

「友人にたかってまで遠出したいとは思わない。俺は山手線で充分だ」

榊がにやにやしているところを見ると文学ネタらしいが、読書歴の短いイズミにはさっぱり判らない。

「山手線ゲーム、強そうですね」

さりげなくコメントしてみたが、鳥飼と怜史に揃ってちらりと冷たい目を向けられ首をすくめる。

「単に、電車で本を読むのが好きなんだ」と、和泉は続けた。「車両的には新幹線や特急の方が好みなんだが、残念ながらそこまでの金はない。それにダイヤや乗り換えを気にするのは面倒臭い。検討の末、山手線が一番安価で楽だと思っただけだ」

だけだ、って……

「それで和泉さんはずっと――ええとつまり、社会人になってからずっと、毎日山手線に乗ってるんですか？」

よほど興味が湧いたのか、鳥飼が更に訊ねる。プライバシーに無頓着《むとんじゃく》な鳥飼を、イズミは初めてありがたく思った。

「そうでもない。このほんの五年ほどだ」

「じゃあ、その前は何に乗ってたんですか？」

「乗っていたのは同じ山手線なんだが通勤のためだ」

「えっ？　働いてたんですか？　でもさっき不労所得者だって」

「和泉ちゃんはね」と、またしても榊が口を挟む。「七年前までサラリーマンだったんだよ。某一部上場企業で営業マンだったんだ」

「えぇー」と、イズミと鳥飼の声が重なった。

見えない。

絶対、成績悪かったに違いない。

「でも七年前にちょっとまとまったお金が入ったから、それで家賃収入が見込める不動産を買って、三十五歳で退職して、今の山手線生活に突入したんだよ」

「三十五って今の俺と同い年だ。いいなー。そうかー、そういう手があったか……」

大げさに感心した鳥飼だったが、平日だけにそろそろ帰宅時間が気になったのか榊に会計を頼んだ。鳥飼が会計を済ませている間に、イズミは怜史に話しかけた。

「定期のこと、経理に相談してみます。私、山手線のヘビーユーザーですし、ほら、巣鴨に引っ越して来たから、これからは通勤も山手線オンリーだし……」

怜史の眉間に皺《しわ》が寄った。

「巣鴨に引っ越して来たのか？」

「そうなんだよ」と、榊がイズミの代わりに応えた。「今月引っ越して来たんだってさ。会社帰りとか週末とか、よかったらこれからも顔を出してね」

「ええ」

店を出ると鳥飼が言った。

「いい人だったな、和泉さん」

鳥飼の「いい人」の定義がいまいちよく判らないが、イズミは適当に頷いた。

悪い人じゃなさそうだけど、変な人……

駅に戻る鳥飼とは店の前で別れた。

イズミのアパートは店から北に五分ほどと遠くない。

メイクを落とし、シャワーを浴びてベッドに寝転がると、一日の疲れがどっと押し寄せてくる。

以前は夕食後にコーヒーを飲むと眠れなくなったものだが、営業の今は日中動いているせいか、カフェインの有無に関係なく、寝ようと思えばいつでも眠れる。

イズミの前の勤め先は、浜松町に本社ビルを構える総合システム開発会社で、業界の重鎮だ。総合職で採用されたイズミは毎日ほぼ同じ電車で通勤し、オフィスで決まった顔を見ながら仕事をこなすだけだった。

外回りは夏は暑いし冬は寒い。加えて一日中、客にぺこぺこしている営業なんてまっぴらだと、事務職の時は思っていた。

「心機一転」と口ではポジティブなことを言いながら、営業の採用を受けたのは、早く前の会社——男——から逃げ出したかったからだ。特に口が上手くもなく、見栄えがしないのは自分でもよく判っていたから、営業——しかも異業種の——が務まるだろうかと不安だった。

が、蓋《ふた》を開けてみれば、おしゃべりでも面倒見のいい先輩に恵まれ、気軽に意見を出し合えるこぢんまりとした環境は居心地がいい。毎日違った人間に会うのも思ったより楽しく、これまで馴染みのなかった出版という業界を知るのも面白い。

営業なんて向いてない――

そう、決めつけてたけど違ってたな……

睡魔に誘われるまま目を閉じると、一分と経たずにイズミは深い眠りに落ちた。


翌日の金曜日。

電話を終えたイズミが腰を浮かせたところへ、どさりと目の前に紙袋が置かれた。

「ほい、二十冊」

話を聞かれていたようだ。電話はSATSUKIの小岩井からで、Violet Mysteryの在庫が残り一冊になったから、帰り道にでも持って来てもらえたら――とのことだった。

版元が本の流通業者である取次《とりつぎ》を通さずに直接小売店に本を届けることなどほとんどないが、SATSUKIは森江書房のお得意さまで、鳥飼が――私情を交えつつ――特に力を入れてきた営業先である。また、マイナーな出版物の多い森江書房だけに、書店に限らず、SATSUKIのようなセレクトショップも大事にしていこうというのは社の方針でもあった。

イズミはちょうど、千葉での営業から戻ったばかりだった。残業覚悟で遅い時間にもアポを取っていたものの、相手の体調不良でキャンセルになったため、千葉で時間を潰すことなく帰社したのだ。

十六時を回ったところだったから、そのまま直帰しようと、イズミは喜んで小岩井の頼みを引き受けた。今すぐ出ればラッシュは余裕で避けられる。

「鳥飼さんも一緒にどうですか？」

「俺は来週の出張の手配がまだあるし、二人で行くのはもったいないだろ。まだ就業時間内だぞ」

営業先以外では割と横柄《おうへい》な鳥飼だが、公私の区別をつけているところは尊敬できる。

「夕方の営業の邪魔にならないよう、さっさと切り上げろよ」

「判ってますよ、それくらい」

ボードに「渋谷」「直帰」と書き込んで、イズミは会社を出た。

神田駅から外回りの山手線に乗る。

千葉から戻って来た時は青かった空の西の方に、どんよりと重い雲が差しかかってきていた。予報では終日晴れている筈で傘は持って来ていない。

ま、あと一時間くらいはなんとかなりそう――

SATSUKIのカフェ飯で夕食を済ませてしまおうと思っていたが、鳥飼に釘を刺された以上それはできない。週半ばに誘われた女友達との飲み会は残業を見込んで断っていた。今から連絡しても交ぜてもらえるだろうが、天気も悪いし、SATSUKIに寄った後はさっさと帰った方がよさそうだ。

そんなことを考えていると、大崎駅で車椅子に乗った人が乗車してきて、ふと次の五反田駅で降車してしまった。

見渡したホームに昨日見かけた若い駅員がいる。

電車が出てすぐに「すみません」と、イズミは声をかけた。

「昨日の昼頃、女性が転ぶ事故がありましたよね？」

駅員が警戒を露《あら》わにしたので急いで続ける。

「私、昨日その場にいたんです。仕事のアポがあったんで入って来た電車に乗っちゃったんですけど、怪我した人たち、大丈夫だったかなぁと思って」

「ああ、あの時の――」

駅員もイズミを思い出したようだ。

「手を切った女性には近くの病院をお教えしました。絆創膏《ばんそうこう》じゃちょっと対応できない怪我だったんで。転んだ女性は擦り傷だったんですが、応急処置する前に事務所で写真を撮って、それから病院に行くって言ってました。被害届を出すとかで一応警察にも来てもらいましてね。でもあの男性は違いましたよ」

イズミが訊く前に駅員が言った。

「あ、そうだったんですか……」

あの中年男が笑っていたのは今でも不謹慎だと思っているが、少しばかり罪悪感を覚えてしまう。

「ええ。後で警察が防犯カメラをチェックしまして。あの男性は女性が転ぶ前に、店側じゃなくて線路側から女性を追い抜いていました」

女は明らかに線路へ向かって転んでいた。線路側から追い抜いて、線路側へ転ばせることはできないだろう。

「他に犯人らしい人は映ってなかったんですか？」

「それはちょっとお教えできませんが……女性は歩きスマホしていて、それは本人も認めていました。男性が犯人じゃないって判っても『押された』って言い張ってましたけど、警察はスマホに気を取られて、自分で転んだんじゃないかって感じでした。結構ヒールの高い靴を履いてたし……困るんですよね、歩きスマホ」

駅員も警察の意見に同意しているようである。

「あの……あの時、視覚障碍者の方がいたのを覚えていらっしゃいますか？」

「視覚障碍者？」

「白杖を持った人です。あの時、野次馬の後ろにいて……同じ電車に乗ったんですけど、人混みをよけるのが大変だったかなぁ、って」

実際に見た訳ではなかったが、怜史の言葉を思い出しながら訊いてみた。

「乗られたのは見たように思います……でもあの時は怪我人の確認で手が一杯で、お手伝いできなくて――いつもはちゃんと気を配っているんですが……」

応えた駅員の顔には再び警戒心が浮かんでいた。

「あ、すみません。駅員さんを責めてるんじゃないんです。あの時、駅員さん、すごい勢いで駆けつけてくれましたし、さっきも大崎で車椅子の補助をしている駅員さんがいて、いろいろ頑張ってるなぁって思いました」

「ええ、その、いろいろ頑張っております」

やや戸惑ったように駅員が応えたところへ内回りの電車が入線してきた。

礼を言って駅員から離れると、イズミは蕎麦屋の方へ歩いた。

現場を再確認――などと探偵めいた意志はなく、ここで蕎麦をかき込んでから渋谷に行くのもアリかと思ったからだ。

ドア越しに覗いた店内は空いている。

十分――じゃ無理か。十五分あれば足りるかな。

邪魔にならないようメニューの前に移動したが、やはり時間が気になったイズミは、次に来た外回りに乗って渋谷へ向かった。

「歩きスマホか……あれは危ないよね。交差点とかホームだと、見てるだけではらはらしちゃう」

「私はいらいらしますよ」

イズミが言うと、小岩井が小さく笑った。

結局夕食はSATSUKIで食べることになった。

小岩井の手違いで、夕方のバイトを一人余分に手配してしまったそうである。金曜日は他の平日より忙しいらしく、小岩井もランチ抜きで働いていたため、二人でバックヤードにある小岩井のオフィスで早めのディナーをとることにした。カフェで出しているカップスープに小ぶりのサンドイッチ、コーヒーと、金曜日にしてはシンプルな食事だが、昨夜ナポリタンだったからちょうどいい。

おととい来たばかりで仕事関係の話は特になく、小ネタのつもりでイズミは昨日目撃した事故のことを小岩井に話したところである。

「人身事故にならなかったからよかったけど、そういう人の迷惑をかえりみない人に限って、何か起きた時に人のせいにしたがるような気がするわ」

「そうなんですよ。被害届とか大げさで——いえ、本当に押されたなら出してしかるべきですけど、その人は本当に擦り傷だけだったし、むしろ手を切った女性の方が被害者だと思いました」

「歩きタバコで火傷《やけど》したら、過失傷害罪で訴えることができるって聞いたけど、歩きスマホじゃ無理そうね。女性もわざと落としたんじゃないんだし……ねぇそれより、男の人の方はどうなの？」

「どうって、疑いが晴れてよかったです。笑ってたのはどうかと思いますけど、全然普通のおじさんだったし、私の言ったことで犯人に仕立て上げられちゃったりしたら気の毒ですし――」

「じゃなくて」

笑いながら小岩井はイズミを遮った。

「蕎麦屋の前で会った人の方よ。二日のうちに三回も会うなんておかしくない？　その人もしかして、どこかで折川さんを見染めて尾行してたんじゃないの？」

ああ、デジャ・ヴ……

「違います」

即行否定してから付け足した。

「それ、ウチの鳥飼も同じこと言ってたんですが……」

上手く鳥飼を話題にすることができたと思いきや、昨夜喫茶店でも怜史に出会った話をすると、小岩井の瞳が更に輝いた。

「鳥飼さんに一票だわ。名前も一緒なんて運命的じゃないの！」

手を叩いた小岩井の食いつきぶりに驚いて、イズミの返答は僅《わず》かに遅れた。

「ち、違います」

「そうお?」

「ないです」

だって、四十代の変人オヤジですよ?

そう言おうとして、小岩井も四十代なのを思い出す。訊いたところ、怜史と榊は大学の同期で共に四十二歳ということだった。

「というか、小岩井さんはどうですか? よかったらご紹介しますよ? その人、ちょっと変わってますけど、見た目まあまあだし、リッチじゃないけど経済的な苦労はないそうです。ヴァイオレット読むほどの読書家だし」

「私? ううーん、同年代はちょっとね」

「え、ということは年下好みですか?」

鳥飼のために、ここぞとばかりに訊いてみる。

が、小岩井はあっさり否定した。

「ううん。年下はもっと苦手かな。それこそ折川さんとその和泉さんみたいに、十歳くらい離れたおじさまが理想なのよね。あ、判ってますよ。私もおばちゃんだって。でも同じ年齢なら男より女の方が精神年齢高い気がするし、やっぱり時々でいいから安心して甘えられる人がいいもの。そう思うと年下は考えられないな」

鳥飼……健闘を祈る。

「確かに同年代だと子供っぽく感じることあります」

「なら折川さん、鳥飼さんは？　年齢的に少し上だしちょうどいいんじゃない？」

「ないです。それだけは絶対ないです」

真顔で即答したイズミに、ややたじろいでから小岩井は言った。

「残念ね……やっぱりそう簡単に恋にはつながらないものよね」

「そうなんです」

精一杯重々しく頷いてから、イズミは話題を変えた。

「それはそうと、ミシュランガイドに関係ないB級グルメですけど、昨日鳥飼が教えてくれた喫茶店のナポリタンが絶品だったんですよ。老舗《しにせ》にしてはあまり堅苦しくなくて、でもノスタルジックな雰囲気で、コーヒーも美味しかったです。よかったらいつか行ってみてください。デザート・ムーンっていうとこなんですけど」

「デザート・ムーン……」

転がすように口にして、小岩井は微笑んだ。

「砂漠の月ね。今度訪ねてみるわ」

「流石、小岩井さん。恥ずかしながら、看板がカタカナだったから、私、お店の名前をお菓子の月と勘違いしちゃって……」

「あはは。可愛い勘違いじゃないの。私、実はナポリタン大好きなのよ。後でそのお店検索してみるね」

「是非」

小一時間ほど話してバックヤードを出ると、フロントの窓越しに雨が降っているのが見えた。

「あらら、やっぱり降ってきちゃったか。折川さん大丈夫？　傘持ってる？」

「それが今日は晴れ予報だったから……」

イズミが口ごもると、小岩井がバックヤードに戻って折り畳み傘を持って来た。

「これ使って。私の置き傘だから気にしないで」

「どうもすみません」

近日中に返却すると約束して渋谷駅へ向かった。

雨でも人だかりのするスクランブル交差点を抜けて、まだラッシュの残る山手線に乗ったが、傘が手に入るとまっすぐ帰宅するのが惜しくなる。

しかし夕食を終えた今、これから飲み会に合流するのは面倒臭い。

そうだ。デザート・ムーンでコーヒー飲んで帰ろうかな……

回り道になるが、帰り道といえないこともない。

が、巣鴨の改札を抜けてから思い直した。

デザート・ムーンはあの男――和泉怜史――の行きつけらしい。

三日続けて怜史に会うという偶然は回避したかった。

運命的云々以前に、あの中年男が犯人ではなかったと話すのが癪《しゃく》だ。話さなければ済むことなのだが、榊の話術は油断できない。

そもそも回避できるくらいなら偶然とはいわないだろうが、ここは可能性を下げるために最大限の努力をするべきだろう――などと、イズミにしては真面目に理屈をこねまわしてから駅前のコンビニに入る。

飲むヨーグルトとコンビニスイーツを手に提げ、アパートへの道を歩きながらふと思いついた。

SATSUKIは小岩井の名前「沙月」からとった名前だ。沙月の沙は砂や砂地を意味する漢字である。つまりSATSUKIも砂漠の月――デザート・ムーンなのだった。

だから小岩井は微笑んだのかと納得したイズミだったが、同時に何故か怜史の顔が頭に浮かんだ。

影の薄い地味な恰好をしておきながら、なかなかうがったことを言う。

怜史ならきっともっと早く気付いただろうと思うと、やはりなんだか癪である。

次に鳥飼の顔が思い出された。

鳥飼がいつからデザート・ムーンに顔を出しているのか知らないが、SATSUKIを知る前ではないような気がした。

鳥飼に恋心はこれっぽっちも抱いていないが、同じ会社の先輩――同僚――として、叶いそうにない鳥飼の恋を思うとやや切ない。

「秋だなぁ……」

つぶやいてからイズミは慌てて辺りを見回した。

半径五メートルに三人の他人がいたが、全員こちらを窺うこともなくスルーを決め込んでくれたのは、都会ならではの優しさだと思うことにする。

やばい。

三十一にしてリアルにオバサン化しつつある――

傘で顔を隠して、イズミはアパートへの道のりを急いだ。


ニュースを目にしたのは二週間後の夕方だ。

新宿東口の大型書店に寄った後で、駅前の街頭ビジョンに五反田駅の文字が映ってイズミは足を止めた。

『……本日午後一時頃JR山手線の五反田駅で、暴行の容疑で男が逮捕されました。男は三十八歳の会社員で、白杖とサングラスを携行しており、日頃から視覚障碍者を装って暴行を繰り返していた模様です』

「えっ……？」

思わず声が出た。

『五反田駅では二週間前に似たような事件が起きており、警察は男が関与している可能性を含めて取り調べを進めています……』

やっぱり和泉さんは何か知ってたんだ——

デザート・ムーンに行けば会えるだろうか？

しかしイズミには神保町でもう一件アポが残っていた。

最後のアポをこなして、帰社したのが十九時半。それから事務の書類仕事を一時間手伝って巣鴨に着いた時には、閉店時間の二十一時を過ぎていた。

帰宅してからネットでチェックした続報によると、男の名前は増山輝希《ますやまてるき》。五反田駅ホームで女を突き飛ばした容疑で逮捕された。突き飛ばされた女は転ばずに踏みとどまり、すぐに振り返って増山へつかみかかった。増山は容疑を否定したが、駆けつけて来た駅員が増山が手にしていた折り畳みの白杖に目をつけた。問いただしたところ増山が逃げようとしたので、近くにいた男たちと取り押さえたという。増山は暴行の現行犯で逮捕されたとあった。

二週間前のことに関しては何の続報もなかったが、同一犯に違いないと思われる。

自分の勘は正しかったと、ニュースを読みながらイズミはガッツポーズをした。

厳密には、あの時、視覚障碍者に疑問を持ったのは怜史なのだが。

でも和泉さんが、増山につながる何かを見ていたというのは当たってたもんね――


翌日イズミは空いた時間に山手線の車両を歩き回った。

和泉怜史を探して、だ。

山手線が十一両編成だということを、イズミはこの日初めて知った。朝夕のラッシュ時には内外合わせて約五十本、日中でも約三十本が同時に走っているということも。

怜史が座っていそうな車両真ん中の席だけチェックしても、平均二分の駅間で十一両全部を見て回るのは不可能だ。

昼時に五反田の蕎麦屋の前で張ることも考えたが、ネットで調べてみたところ、ホームではなくても、山手線二十九駅のほぼ全駅に、いわゆる「駅蕎麦」といわれる蕎麦屋があるらしい。

休憩時間と昼休みに加え移動中もくまなく探し、トータルで二時間ほど費やしてから諦めの境地に至った。

この間はあんなに簡単に会えたのに――

榊や小岩井が言ったように「運命的」とは思わないが、一日中山手線に乗っている怜史なら、何故か探せばすぐに会えるような気がしていたのだ。

探してる時には、見つからないっていうもんね……

婚活中の友人の言葉を思い出し、溜息をついたイズミだったが、すぐに頭を振った。

——いやいや、これ、婚活じゃないから。

だが、望んでいる時ほど起きない偶然がうらめしい。

夕方も、仕事にかこつけて四分の三周ほど余分に回ってみたが、怜史の姿は見当たらなかった。

とりあえず二十時前後にデザート・ムーンに行ってみようと思っていたのだが、夕方帰社した際に編集チームと社長の夕食兼飲み会に付き合う羽目になった。二次会は断ったものの、神田を出たのは二十時四十五分を過ぎていた。

金曜日だからか山手線はまだ人が多く、座れなかった。

軽く酔っていたイズミはスマホを見るのも億劫《おっくう》で、吊革につかまって窓の外をぼうっと眺めて巣鴨までの十七分を過ごした。

巣鴨に着くと、バッグの中の定期券を手で探りながらドアに向かう。

——と、やはりドアに近付いて来た男が、横からイズミにぶつかった。

「邪魔なんだよ!」

低い声で言い捨てた男はスマホを片手にしていて、舌打ちしながら、振り返りもせずに改札へ急ぐ。

邪魔って——普通に降りようとしてただけじゃん！

スペースは充分あったんだし、そっちがスマホ見てなかったら、よけて横を通れたでしょうに！

湧き上がった苛立ちに誘われて、五反田駅での「被害者」が思い出された。

誰であれ、人を突き飛ばすのは暴力行為で、軽犯罪でも法を犯していることになる。一方、「歩きスマホ」はまだ「運転中の携帯電話使用」と違って違反ではないし、罰則も制定されていない。

それでも急速な利用率の増加に伴い、「歩きスマホ」が「迷惑行為」になりつつあるのは誰しも認めるところだろう。自傷は自業自得でも、他傷となれば話は別だ。

五反田駅の「被害者」だってスマホを手にしていなかったら、転んでも膝はつかずにいられたかもしれないし、何より破片で怪我したもう一人の「被害者」は出さずに済んだ。

一番悪いのは突き飛ばした人なんだけど……

ただ、たった今ぶつかって来た男のように、五反田駅で転んだ女だって、時と場合によっては簡単に「加害者」になりえるとイズミは思う。

スマホのナビや検索機能はイズミも重宝しているし、使ってこそ文明の利器だ。

でも公共の場ではマナーを守ってしかるべきで……

悶々《もんもん》としながら、改札へ急ぐ人の群れから少し離れて歩き出したところへ、隣の車両から降りて来た怜史が目に留まった。

「あ、和泉さん！」

イズミの方を振り向いた怜史は、あからさまな仏頂面になって応えた。

「……折川さんだったな」

「よかった！　探してたんですよ。でも今日は全然見つからなくて……あれですね。やっぱり探してる時って見つからないもんなんですね」

「そんなことはないだろう。探している時の方が見つかる可能性は高い筈だ。探そうと思わない限り見つからないものもある」

「そういう文学的な嫌みは結構です」

「文学的でも嫌みでもないが、まあ、あれだな。君の場合はきっと、探し方が悪かったんだろう」

「ですよね。かなり効率悪いことしちゃいました」

素直に認められたのは、酒が入っていたおかげかもしれない。

「山手線、三周近くしちゃいましたよ。事件のこと、早く話したくて――」

「違法乗車だな」

怜史の台詞は発車メロディでイズミ以外には聞こえなかったと思うが、立ち話をしているイズミたちをホームにいた駅員がちらりと見やった。

「……どうしてそう思うんですか？」

「先月引っ越して来て、買った通勤定期は三ヶ月、もしくは六ヶ月。先日、山手線内均一定期のことを経理に話してみるとは言っていたが、実行はしていないだろう」

「実行してます。経理に話してはみました」

「が、却下されたか様子を見ようと言われた」

「う……そうです」

イズミの営業先は山手線内とは限らない。移動時間を考慮すると地下鉄や私鉄を使うことも多く、神奈川、埼玉、千葉などへ出向くこともしょっちゅうだ。巣鴨から神田までの一ヶ月定期が約五千円。山手線内均一定期はその約三倍だ。元が取れるかどうか微妙なところだし、少し調べてみるからとりあえず現状維持するようにと経理から言われていた。

「でも違法乗車はしてないですよ――」

スーツの胸ポケットから、イズミは切符を取り出した。

先ほどは癖で定期を探してしまったが、朝のうちに都区内パスを購入していたのだ。都区内パスは一日限りだが山手線を含む都心のＪＲが乗り放題である。

「ほら！　これで違法じゃありません！」

ほろ酔いの勢いもあって、イズミはパスを怜史の目の前に突き付けた。

怜史はパスを一瞥してから、変わらない冷静な口調で言った。

「それは感心だ」

「だから事件の話、聞かせてくださいよー」

「だから、という訳ではないが、ここで君とこうしているのは居心地が悪い」

「ですよね！　駅前のカフェならあと一時間開いてますよ。私、ご馳走します」

「遠慮しておく。コーヒーでいいなら、デザート・ムーンに行こう」

でももう閉まってるんじゃ……？

イズミが問い返す前に怜史はスマホを取り出した。

「一郎《いちろう》？　俺だ。森江書房の人を一人連れて行く。——いや、男の方じゃなくて女の方なんだが」

——マスターの名前、一郎っていうのか。

ぼんやり考えたイズミを置いて、怜史は通話しながら歩き出す。

イズミも慌てて後に続いて改札を抜けた。

デザート・ムーンのドアには「Closed」のサインが出ていたが、店内にはまだ灯りがついていた。

イズミたちがドアに近付く前に「いらっしゃい」と、開いたドアから榊がにこやかな顔を覗かせる。

怜史が前と同じ席に腰かけたので、イズミもそれに倣って前に来た時と同じく、一つ空けてカウンターのコーナーにあるスツールに座った。

「五反田の事件、解決したみたいだね」

コーヒーを差し出しながら榊が言った。

「ええ。それで和泉さんから話を訊きたくて」

「それは和泉ちゃんがこの間、視覚障碍者のことを疑ってたからかな？」

「そうです。和泉さん、その人が犯人って知ってたんですよね？」

一日経って更なる続報がネットに流れていた。

それらによると増山は既に二週間前のことを自供していた。

増山が視覚障碍者を装ったのはそれが初めてではなく、これまでもわざと白杖で足を叩く、引っかける、不注意を装って体当たりするというようなことを、一年以上にわたって繰り返していたという。

そういえば――と、増山の被害に遭っていたかもしれない人々がＳＮＳでちらほら発信し始めていた。

「知っていたんじゃなくて、当たりをつけただけだ」

「でも教えてくれたってよかったじゃないですか」

「ここで君に訊かれた時はまだ犯人だという確信がなかった。それに君は障碍者を疑うことを嫌悪していた」

「そうですけど……偽者なら話は別ですよ。余計に性質《たち》が悪いじゃないですか」

「今回は偽者だったかもしれないが、そうでなくても俺の考えは変わっていない」

「まあまあ」

険悪になりそうなところへ榊が割って入った。

「折川さんが訊きたいのは、和泉ちゃんがどうして増山に当たりをつけたのかってことだよね？」

「そういうことです。ただの勘じゃないんでしょう？　どうして増山をつけようって思ったんですか？」

「君がスーツの男を疑ったのと同じ理由だ」

「えっ？」

「あいつも笑ったんだ。ほんの一瞬だったけど、怪我人と、彼女らを取り囲んだ野次馬を見て」

「増山も笑ってた……」

「悲鳴だけで被害状況が一瞬にして判るとは思えないし、本当に見えない人は君が言ったように人との接触を避けようとするだろうから、積極的に野次馬になったりしない。全盲じゃなくても白杖やサングラスを使っている人はいる。だがあいつが笑ったのを見て、もしかしたらこいつがやったのかもしれないと思った。犯人でなくても障碍者ではないんじゃないかと思ってつける気になった」

「和泉さんて――」

ほんっとに暇なんですね、と言いたいのをこらえた。

「続きも早く話してあげなよ」

イズミへ微苦笑を向けてから、榊は怜史をうながした。

「増山は渋谷で降りてトイレに入った。ものの数分で出て来た時にはサングラスもしていなかったし、白杖も持っていなかった。ショルダーバッグをかけていたから、杖もサングラスもバッグにしまったんだろう。ご丁寧に上着も脱いで手に抱えていた。それからロッカーに向かうと、ブリーフケースとスーツの上着を取り出して、ショルダーバッグと抱えていた上着を代わりにしまった。スーツ姿になった増山は歩き方まで颯爽《さっそう》としていて、脂の乗り切ったビジネスマンにしか見えなかった。ニュースによると、増山は会社ではかなり評価されていて、努力を惜しまぬ人間だったそうだから、視覚障碍者を装うのにも随分研究と練習を重ねたのではないかと思う」

感心してる場合か、と、またまたツッコミたくなったイズミだが、コーヒーを口に運ぶことで我慢した。

「増山が偽者の障碍者だと判った時点で尾行をやめようかと思ったんだが、やつが再び山手線の、今度は内回りに乗ろうとしたから、つい尾行を続けてしまった」

「あ！　犯人は現場に戻るってやつですね！」

「しかし増山は戻らなかった」

「え？」

「やつは恵比寿で降りて、勤務先の、駅から数百メートルの大手企業のオフィスビルに入っていった。俺はいい加減腹が減っていたので、モールの中にある蕎麦屋で蕎麦を食べてから駅に戻った」

「え、蕎麦？」

「五反田で食い損ねたからな。だが君には少し感謝している。あそこで君が昼飯の邪魔をしなかったら、増山の後をつけることはなかっただろう。その礼も兼ねてこうして長話をしている」

「はぁ」

「――翌日から五日間、俺は増山を尾行した」

「えっ？」

マジか？　この人やっぱり変人だ。

「週末を除く平日五日のランチタイムに絞ってだがな。出社前や退社後まで見張るほど俺も暇じゃない」

よく言うよ……

「増山が五反田の犯人だというのは翌日判った。増山の行動はほぼ同じで、ランチタイムは日によって違うが、大体十二時半から十四時半の間の約一時間。会社を出るとまず駅前のコンビニでおにぎりを二つ買う。それから渋谷に向かい、ロッカーで荷物を入れ替えてからトイレでランチと着替えを済ませる」

「トイレでランチって……もしかして増山は会社でイジメに遭っていた？」

「そうかもしれないし、単なる時間節約かもしれない。ダイエットを兼ねていたのかもな。三十五を過ぎて丼ものや定食をランチにがっつり食べていると、メタボ路線一直線だからな。しかし重要なのはやつの飯事情じゃなくてその後の行動だ。しばらく黙っていてくれないか？」

「はい」と、イズミは素直に頷いた。

「バッグは既に替わっているし、上着をブルゾンやカーディガンに着替えれば、それだけで随分印象が変わる。ロッカーやトイレは一定ではなく、帽子をかぶる時もあれば、白杖もサングラスも身に着けずに出て来たことが二度あった。だが、やっていることは一貫して同じで、歩きスマホや立ちスマホをしている人間への嫌がらせだ。白杖を持っている時は杖を当てることが多かったが、何度かわざと後ろによろけたのを見たから、五反田でも同じ手口を使ったのだと思う。スマホを手に足が止まっているような人に正面からすれ違い、わざと後ろに半歩下がってぶつかるんだ。面白いことに振り向いた人のほとんどが増山がサングラスをして白杖を持っていると気付くと謝るが、変装していない時だと睨みつけたり舌打ちしたりした」

それってどうなの？　とイズミは思ったが、自分を含め、大衆は見た目に多分に左右されてしまうものである。視覚障碍者の全てが全盲と限らないのは知っていたが、イズミは白杖を見ただけでどこか遠慮や気遣いをしてしまうから、まさか変装の小道具になりうるなど、これまで考えたこともなかった。

「あの日、被害者は内回りに乗って来て新宿寄りのドアから降車した。内回り側の人混みを避けて、スマホをいじりながら外回り側を改札へ向かう被害者の後ろを、スーツ男は早足で追い抜こうとした。増山は正面からそれを見て取って二人に近付き、すれ違いざま半歩下がって被害者に肘鉄でも食らわせた。それから蕎麦屋の裏へ回り、歩きながらサングラスと折り畳みの白杖を取り出して変装した。内回り側を通って蕎麦屋を一周し、再び現場の近くへ野次馬の一人として戻った。悲鳴からして現場はどちらかというと新宿寄りだった。だからあの時、君は店の新宿寄りから回ったんだろう？　俺は大崎寄りから現場へ向かったが、それは事件だったら改札に近い方が犯人に出会う確率が高いと判断したからだ。結果的にそれは判断ミスで、新宿寄りを回っていたら、もっと早く増山のことを見抜けたと思う」

とっさのことで、増山とすれ違ったかどうかイズミには記憶がなかった。が、ドヤ顔はしていない怜史から、嫌みではないのだと思うことにした。

話に一区切りついたようだったのでイズミは訊いた。

「想像はできますけど……実際にできますかね？」

「増山は他の駅でもホームの建物や階段の周りを確認していた。残念ながら五反田のカメラは、遠いのと角度的に増山の犯行をとらえることはできなかったようだが、部分的に映ってはいたと思う。だがあの手のことは現行犯か、証拠がない限り逮捕は難しい。俺が尾行した時に見た増山の動作は実に自然で、横から見ていなければ半歩下がったのにも気付かないくらいだった」

だから感心してる場合じゃないって……

「でも、よっぽどタイミングが合わないと無理ですよね？」

「ああ。二週間前の事件は、増山にとって最高のタイミングだったと思う。建物の横の狭いところですれ違えること、建物が充分な大きさで回りながら白杖とサングラスを取り出せる余裕があること、被害者が不安定なヒールを履いていたこと、自分の他に被疑者になりそうな者がいたこと、そして電車が入線してきたこと——ああいうチャンスは滅多にないだろうし、とっさに仕掛けてみたいと思ったんじゃないか」

「チャンスとか、仕掛けるとか、怪我人が出てるのに……そもそも、どうして増山は変装している——つまり視覚障碍者を装っている時と、そうでない時があったんですか？　上着やバッグを替えるのは、サラリーマンに見えないようにですよね。サングラスと白杖があれば、多少のいたずらをしたところで謝ってもらえるなら、常にそういう変装をしてればいいんじゃないですか？」

「増山の動機はそう単純ではなく、パターン化してなかったからこそ長いことばれずにいたんだろうな」

　暗に自分が単純だと言われた気がして、イズミはむっとしながら問い返した。

「じゃあ、増山の動機はなんだったんですか？」

「迷惑行為への正義感とストレス解消——とニュースでは言っていた。ターゲットを歩きスマホにしていたのは、以前そういった人間のせいで、仕事に支障をきたす迷惑をこうむったから。視覚障碍者のふりをしたのは、やはり過去に歩きスマホに迷惑していた障碍者を見たことがあったからだと」

「そうですよ。単純じゃないですか」

「……そうだな。じゃあそういうことで、もう帰っていいか？」

「えっ！　ちょっと待ってくださいよ。最後までちゃんと説明してください」

コーヒーを飲み干して立ち上がろうとした怜史を、イズミは慌てて引き止めた。

「君が訊きたがっていた、増山を疑った理由はもう述べた。後は俺の主観になる」

「主観、いいじゃないですか。上等ですよ。是非とも聞かせてください。もったいぶるところを見ると、真犯人は別にいるとか？」

「莫迦莫迦しい」

一蹴《いっしゅう》されたイズミの前に、榊がさりげなく氷の入った水を差し出した。

もう酔ってはいないつもりだったが、渋々グラスを口に運ぶと、怜史が切り出す。

「これらは俺の想像に過ぎないが、増山のいうストレス解消とは、単なる変装や嫌がらせではなかったと思う。正義感云々という供述も俺は信じていない。増山が視覚障碍者を装ったのは、彼らに代わって鉄槌《てっつい》を下すというような正義感からではなく、白杖とサングラスというのがもっとも手軽で、判りやすい変装だったからだ。俺の推察では増山は常に誰かを――もしかしたら自分以外の全ての人間を――見下さずにはいられなくて、あの手の行為を繰り返した」

「と、いうと？」

「変装した増山は『障碍者になら謝れる程度の常識はあるんだな、お前にも』と歩きスマホを嘲《あざけ》り、変装なしで邪険にされた時は『杖があるからみんな優しくしてくれるんであって、それがなきゃ世の中なんてこんなもんだとやつらは知らない』と逆に障碍者を、事件の時は『あの女が悪いんだ。あの女が怪我したからって、心から同情しているやつらがこの中に何人いることか。しかも白杖とサングラスをつけただけで、誰も俺を疑おうともしない』――と、野次馬も含め、あの場にいた全員を莫迦にしていたように俺は感じた」

淡々とした言い方だったが、その分信憑性《しんぴょうせい》が増して伝わった。

たとえ憂《う》さ晴らしを兼ねた歪んだ正義感でも、ないよりましだと思っていたが、推察とはいえこうもあっさり否定されては、驚きを通り越して物悲しい。

「……和泉さんって意外に想像力逞《たくま》しいんですね」

「意外に、は余計だ」

人よりできるエリートゆえに、増山が世間一般をひねくれた目で見下していた可能性は想像に難《かた》くない。

難くないけど――

想像でも、「あの女が悪い」とはっきり言われてどきりとした。

常日頃――特に営業で移動の際に――歩きスマホや立ちスマホに苛立ちを感じているイズミである。突き飛ばされた女に「心から」同情してはいなかった。

増山は間違っていると思っているのに、ほんの僅かでも同調してしまった自分がうっすら怖い。「想像に過ぎない」と言ったが、リアリティのある台詞からして、怜史にも多少なりとも増山に同調するところがあったのかもしれない。

気まずさも手伝って、イズミは窺うように怜史に言った。

「でも、手を怪我した女の人は何も悪くないじゃないですか。彼女は巻き込まれただけで野次馬じゃないし、ただ運が悪かっただけで……あ、もしかしたら！」

ふと思いついてイズミの声が高くなる。

「もしかしたら？」

「増山はあの後、すぐに電車に乗って行っちゃいましたよね。せっかくのチャンスなんだから、騒ぎが収まるまでもっと状況を楽しんでればよかったのに」

「そうだな」と、怜史が頷く。

「それって、ほんの少しでも、あの女の人——巻き込まれて怪我をした人に、悪いと思ったから……ってのに深読みし過ぎですかね？」

怜史の想像通りなら、増山の行為は自尊心を満足させるためだけの身勝手なものだった。それでも、少なくとも命にかかわるような——ホームドアのないところで転ばせたり、階段から突き落とすというような——事件は起こさなかったことから、正義感はともかく、良心がまったくない訳ではないのだと思いたかった。

「それで君の気持ちがラクになるなら、そういうことにしておけばいい」

「そんな投げやりな言い方しなくたって……」

むくれたイズミを横目に、怜史は小さくあくびを嚙み殺した。

「投げやりに言ったつもりはなかったが、君は意外に――」

「意外に、は余計です。私、こう見えて意外に繊細なんです」

「……自分で言ってるじゃないか。俺が考えていたのは別の言葉だが、繊細ということにしたいならそれでもいい」

「そういうとこが投げやりだって言ってるんですよ。というか、じゃあ意外になんなんですか？」

「だから意外に繊細なんだろう？」

「もう！　しかもなんで疑問形？」

「はいはい、喧嘩しない」

苦笑しながら榊が口を挟む。

「せっかく仲良く一緒に帰って来たんだからさ」

「別に一緒に帰って来た訳じゃない」

「え、でも……」

困惑顔の榊へ、自棄《やけ》気味にイズミは日中の無駄な行動を語った。

「――ほんっと莫迦でした。山手線の本数とか、二本目の車内をチェックするまで検索かけてもみなかったんですけど、それでもなんか簡単に見つかるような気がして……無謀もいいとこですよね。マスター、知ってました？　山手線ってラッシュじゃなくても両回りで三十本も走ってるんですよ？」

「知ってるよ、それくらい」

「え？　もしかしてこれ、都民には常識ですか？　私、生まれ育ちは神奈川ですけど、実家出てから、もう十年近く東京に住んでるんですけど」

「常識とは思わないけど、和泉ちゃんとは長い付き合いだしね。……でもさ、だからこの間言ったじゃないか。すごい偶然なんだよ。同じ通勤駅でもないのに一日に二回も車内で見かけるなんて」

「あの日は確かにすごい偶然でした」

「今日もだよ。ざっくりいって三十分の一の確率で一緒の電車に、しかも隣の車両で帰って来たんでしょ？　やっぱり二人には運命的な何かが――」

「やめてください」

「やめてくれ」

イズミと怜史の声が再び重なった。


週末を挟んだ火曜日の十三時過ぎ、イズミは五反田駅で降車した。

またまた池上線に乗り換えるためだが、今日のアポは十五時で時間に余裕がある。遅い昼食は五反田駅前か旗の台で済ませるつもりだが、事件を思い出してホームの蕎麦屋の周りを一周してみた。

と、例の駅員が小走りに近付いて来る。

不審者と思われたかと警戒したのも一瞬だった。

「先日はどうも！」

「こちらこそ。その、先週ニュースを見たんですけど——」

「あいつを捕まえることができたのはお客さんのおかげですよ！」

「え？」

「お客さんが、視覚障碍者のことを言ってたでしょ？　だから増山が白杖を持ってたのにぴんときたんですよ！　『二週間前もやったよね？』ってカマかけたら、しどろもどろになっちゃって……あの、これはオフレコなんですけど、あいつ、警察に目をつけられてたみたいです」

知ってます……と、イズミは内心つぶやいた。

怜史から聞いたことを元に、榊が警察に通報していたという。

そういったことはかなりの頻度であるらしく、犯人検挙につながったケースがいくつもあって、警察は榊を信頼できる情報提供者と思っているそうである。怜史自身が通報しないのはただただ「面倒臭い」かららしい。イズミは呆れたが、通報の意思があるからこそ、榊に話をするのだろうとポジティブに考えることにした。

「一緒に捕まえてくれた人たちが、実は生活安全課ってところの警察官だったんです。最近歩きスマホを狙った暴行が増えていて、あいつを疑っていたそうです。補助金の不正受給なんかも視野に入れて尾行してたって」

「なるほどー」

そのことも榊から聞いて知っていたが、イズミはただ相槌を打った。

「いやいやいや、お客さんも実は疑ってたんじゃないですか？　だからわざわざ後日戻って来て訊いたんですよね？」

「いえいえ、私はむしろ、他の人に疑いかけちゃって」

「いえいえ、あれだって普通の人は気付きませんよ。警察がいうには、増山はせいぜい傷害罪で大した罪にはならないみたいですけど、ウチの駅じゃ大事件ですよ。警察にも駅長にも褒められたし……」

次の電車が近付いて来て、駅員は再度イズミに礼を言って離れて行った。

ちょうど蕎麦屋のドアが開いて、揚げ物と汁の匂いがイズミの食欲をそそる。

——よし！

今日はホーム蕎麦デビューと行くか！

邪魔にならないようドアの横のメニューを眺めていると、再びドアが開いて中から男が一人出て来た。

「あ」と、小さな声を発したのは男の方だ。

「ああ、あの時の！」

事件の写真を撮りながら微笑んでいた中年男だった。今日もこの間と同じか、似たようなグレーのスーツを着ている。

「先日は疑ってすみませんでした。犯人じゃなかったって後で駅員さんが教えてくださいました」

「いえ、疑われるようなことをしたのは私ですから……ほんとお恥ずかしい」

そう言って男は薄くなり始めた頭に手をやった。

「そのぅ、少し前に家でツイッターを始めようかと言ったら、娘に莫迦にされましてね。時代はもうインスタグラムらしいですね」

「はぁ」

「それで登録だけはしたんですが、私の日常なんて知れてますからね。仕事と家の往復だけで毎日終わっておりまして。お客さまのことは載せられないし、かといってそこらにあるものを綺麗に写真に撮るような腕もありませんし。だからあの日……不謹慎だと思ったんですが、つい事件の写真を撮ろうとしてしまいました。……駅員さんと警察だけでなく、後で娘にも妻にもこっぴどく叱られました。反省しております」

真面目な性格なのだろう。恐縮した顔で男は続けた。

「……あの時笑ってしまったのは、私自身、あの女性を煩わしく感じていたからだと思います」

「それは――」

「こっちは昼飯もそこそこに仕事してるのに、人の迷惑も考えず、狭い通路の真ん中をもたもた歩いてて……犯人のように自分で何かをしようとは思いませんでしたが、罰が当たればいいというか――少し痛い目に遭えばいい、という気持ちは私にもありました。彼女は点字ブロックの上を歩いていた訳ですから、本当の視覚障碍者にも迷惑な存在だったのではないかと……」

増山のニュースはテレビではとっくに下火になっていたが、ネットの匿名掲示板ではまだ細々とつづられていた。

駅員が警察から聞いたように、暴行罪と傷害罪――といっても、かすり傷と全治二週間ほどの切り傷――では大した罪にならないそうだが、実名が知れ渡ったことで社会的制裁は免れないと思われる。

「動機は『ストレス解消』だったと犯人は言っていたそうですね。それってきっと発端は、私が感じたような小さな苛立ちだったのではないかと思うんですよ。そう考えるとちょっと怖いですけどね」

「ええ。私もちょっと……怖かったです」

イズミが頷くと、男は微かな安堵を顔に浮かべて訊いた。

「これからお昼ですか？」

「あ、そうなんです。ここで食べるの初めてなんですけど、結構たくさんメニューがあって迷っちゃって。何かおすすめありますか？」

「おすすめというか、私は大抵、月見蕎麦ですね……ロッキー世代なので、卵を食べると元気が出るような気がするんです」

月見蕎麦を見ると、かけより高く、かき揚げより安くてちょうどいい。

「じゃあ、月見を食べてみます。せっかくだから写真撮っちゃおうかな。——あ、おじさん、そういうのはどうですか？　毎日ランチ写真をアップするだけでもいいじゃないですか。SNSなんてどうせ自己満足なんですから」

「なるほど。どうせ見ているのは妻と娘くらいですしね。ここだと『立ち食い蕎麦なうアット五反田』というところでしょうか？」

男が言うと@がずばりカタカナに聞こえる。

「ええと、『なう』はもうやめた方が……もっと普通で大丈夫ですよ？」

「普通というと、『立ち食い蕎麦食べて午後のアポも頑張ろう』とか？　——ああ、『頑張る』って今はダサいんでしたっけ？　やめた方がいいですよね？」

ううーん。

あなたの言う「ダサい」の方が「頑張る」より微妙なんですけど……

だが、そんな心配をしている男は年上ながら微笑ましい。

「そんなことないですよ」

励ましを込めてイズミはきっぱり言った。

「頑張るっていう言葉、私は結構好きです。月見蕎麦で元気を出して、私も午後のアポ頑張ります」

「もしかしてあなたも営業ですか？」

「はい。おじさんも？」

「そうです。午後のアポ、健闘を祈ります」

「こちらこそ、おじさんの健闘をお祈りいたします」

互いに小さく頭を下げ合って会釈《えしやく》を交わす。

改札方面へ向かう男の背をしばし見送ってから、イズミは蕎麦屋のドアをくぐった。

高田馬場駅事件

「英梨《えり》ちゃん、おはよう」

改札の手前で、同僚を見つけて折川イズミは声をかけた。

「あ、折川さん……おはようございます」

「一緒の電車だったんだね。遅刻？　どうしたの？　なんか元気ないね」

営業のイズミは九時出社だが、受付兼事務の浅尾《あさお》英梨の始業時間は八時半である。

改札を抜けると英梨は一瞬ためらって、身を寄せるようにしてから小声で言った。

「恥ずかしいから他の人には言わないでくださいね。もう最悪ですよ。月曜ってだけでヤなのに、朝から痴漢に遭っちゃって……」

「え、痴漢？」と、イズミも声を落とした。

九時五分前とあってイズミたちは足を速めたが、英梨の話は続いた。

「高田馬場で乗り換えてすぐです。なんかむずむずすると思ったら、スカートの中まで手を入れてきて——ほんと気持ち悪い」

「それは朝からテンション下がるね」

「もうマジ最悪です」

イズミは今まで一度も痴漢に遭ったことはないが、見知らぬ男に触れられる気持ち悪さは想像に難《かた》くない。まだ二十五歳の英梨は細くてスタイルが良く、おしゃれでもある。イズミより背は低いが、学生時代は何度かスカウトされたというくらい顔立ちも可愛らしい。

実家住まいということもあって金銭的にも余裕があるのだろう。今日はぴったりしたニットのトップと膝丈のプリーツスカートに、短めのアウターを合わせている。更にバッグは口が広めのレザーのバケット、足元はポインテッド・トゥのヒールと女子力の高いファッションだ。比べてイズミは、パンツスーツにトレンチコート、エディターズバッグにビジネスパンプスと勝負にならない地味さである。

「そんで、『やめてください』って言ったらやめたんですけど、気持ち悪いし、次の駅までが長くって――」

「でも、ちゃんと言ったんだ?」

「ちょっと勇気いりますけど言いますよ。痴漢は犯罪ですよ。私、絶対泣き寝入りしませんから。それで、目白に着く前に見回したら、明らかに焦った顔した人がいて」

可愛い割にはきっぱりしている英梨である。

「そいつ、目白でドアが開いた途端、さーっと逃げちゃって。駅員に突き出してやろうと思って追いかけたんですけど、結局逃げられちゃったんですよ。もうほんと悔しいです」

「そっか……でも悔しいのは判るけど、逆ギレされることもあるからそういう時は深追いしなくて正解と思う」

「あ、それ、翔太《しょうた》くんも言ってました！」

「翔太くんて誰？　彼氏？」

「違いますよー。目白で降りた時に知り合った人です」

「え？　痴漢の後に？」

「ええ、痴漢に逃げられて悔しがってたら、最近は逆ギレされることもあるから、深追いは危ないよって。ヤな思いして大変だったね、同じ男として恥ずかしーわって、めちゃくちゃ同情してくれたんですよ」

「ちょっと待って。マンガやドラマじゃあるまいし、それってもしかしてその人の方が危ないんじゃないの？　実はその人が真犯人だったとか？」

逃げた男は単に、君子危うきに近寄らずというつもりだったのかもしれない。

「あははー。折川さん、深読みし過ぎですよ。私もそこまで抜けてません。翔太くんが痴漢じゃないのは確かです。見回した時には見かけなかったですもん」

「そうなんだ？」

「絶対です」と、英梨は断言した。

勤め先の森江書房の入ったビルまで来ると、イズミはエレベータのボタンを連打する。

森江書房のフロアは四階で、階段で上がるには地味にきつい。念じたからとて早く来る訳ではないのだが、イズミも英梨も黙って降りて来るエレベータを見守った。

先に乗り込んだ英梨が今度は四階を押したのち「閉」ボタンを連打した。

「――あ、それで今度翔太くんと合コンしようってことになったんですけど、折川さんもどうですか？」

「は？」

「合コンです」

「それは聞こえた。英梨ちゃん――なんだろう？」

抜け目がない？

「転んでもただでは起きないというか？」

「成りゆきですよ、成りゆき。それに私はタイプじゃないけど、翔太くん、かなりのイケメンですよ。あ、あとバルチモア・グループに勤めてるんですよ。あの外資系の経営コンサルタントの大手です」

「ああー、なんとなく名前聞いたことある……」

「だから行きましょうよ！　同期だけじゃなくて、先輩にも声かけておくよう言っておきましたから！」

「ということは翔太くんて私より年下？　何歳？」

「新卒入社で三年目。私と同い年です。それで名刺交換とかしてちょっと盛り上がっちゃって。だからここまで遅れたっていうか」

「英梨ちゃん……」

開いたドアから英梨がひらりと出て行った。エレベータ脇にあるオフィスへのドアを開いて、イズミを先にうながしながらにっこり笑う。

「詳しいこと決まったらお知らせするんで！」

まだ行くとは言ってないんだけど――

英梨と一緒に合コンなんて引き立て役もいいところだが、明るい英梨はどこか憎めない。年は違うが、英梨は新卒で三年目、イズミは中途採用で二年目と、同僚としても親近感があった。

「おはよーございまーす！　遅れてすみませーん！」

後ろから入って来た英梨が大きな声で挨拶をした。

が。

「え、やだ。ちょっと待って」

デスクにバッグを置いた英梨が慌てて言った。

「どうしたの、英梨ちゃん？」

「えー、やだマジで？　嘘でしょ？」

がさごそとしばらくバッグを探ってから、途方に暮れた顔を上げる。

「財布——財布がないんです……」


「——ということがあったんですよ。怪しいと思いませんか?」

「何が?」

「財布がなくなったことですよ」

「誰が?」

「その翔太くんってイケメン野郎ですよ」

意気込んで話すイズミに、ナポリタンを食べる和泉怜史の応えはおざなりだ。

「イケメン野郎って……」と、マスターの榊一郎が苦笑した。

会社帰り、ラストオーダー直前の二十時に入ったデザート・ムーンである。月曜の夜だからか、客は怜史とイズミの他はテーブル席に座っていた二人だけで、その二人も二十時半を過ぎた今、会計を済ませて出て行った。

怜史は定席のカウンターの奥の席に、一席空けてイズミは定席になりつつあるコーナーの席に、榊は無論カウンターの中で、イズミが怜史に語るのを怜史より熱心に聞いていてくれた。

「だって、もしかしたら泥棒野郎かもしれないでしょう？」

「つまり悪者だったら野郎なのか」

ぼそりと怜史がつぶやいて、残っていたナポリタンを一巻きにして口に運んだ。

「そこはどうでもいいんですよ……でもせっかくだから、和泉さんの意見を聞かせてください」

「野郎という語彙《ごい》の用法についてか？」

「財布がなくなったことについてです」

「家に忘れてきた」

「出る時に確認したし、途中で買い物しています。帰りに遺失物届も出したそうで、でも該当するものはまだ見つかっていないと連絡ありました」

「どこか途中で置き忘れた」

「キオスクでガムを買ったけど、ちゃんとバッグに入れたのを覚えているそうです」

「落とした」

「英梨ちゃんのバッグはレザーで高さが二十センチちょっとあります。何かの弾みで落としたとは考えにくいです」

「盗られた」

「そう！　そう思いますよね？　それで盗られたとしたら痴漢よりもイケメン野郎の方が

怪しいと私は思ったんですけど――」

「けど？」

「その翔太くんて人とは正面からしか話をしなかったそうです。彼が目白で降りたのは顧客のところへ行くためで、別れる時も彼の方が先を急ぐからと、英梨ちゃんが見送る形だったそうです。だから彼はバッグには触れていないと」

「なら車内で掏《す》られたんだろう」

「でも、こう、車内ではバッグを抱えるように持っていたって」

イズミが胸の前で抱きかかえる仕草をすると、ふーっとあからさまな溜息をついて怜史はコーヒーを一口飲んだ。

「……なら車外で掏られたんだな。高田馬場で乗り換えたって言ったな？」

「そうです」

「じゃああれだ」

「なんですか？」

「伝説の掏摸《すり》だ」

「はあ？」

「掏られた財布はブランド物だな？」

「そうです。ヴィトンの長財布ですけど」

「その英梨って子は、服なんかもブランド物で固めているんだろう？」

「バッグと靴はそうかな？　あとはちょっと判んないです」

「都内にはな、金持ち嫌いで金持ちだけを狙う伝説の掏摸がいるんだよ。分不相応な無駄金を持ってる私立の学生が多い高田馬場は、彼のテリトリーの一つだ。戦利品は質屋なんかで売り払うそうだから、そういうところを当たってみるんだな」

　今度はイズミが大きく溜息をつく番だった。

「……あのですね、真面目《まじめ》な顔して冗談言うのやめてくださいよ」

「冗談を言ったつもりはないが、真顔で冗談を言ってもいいだろう」

「もう！　マスター、なんとか言ってやってください」

「まあ、都市伝説の一つなんじゃないかな？」

「マスターまで……」

「それより英梨はどうして高田馬場で外回りに乗り換えたんだ？　西武新宿線で来たのなら、内回りに乗り換えて新宿から中央線快速に乗った方が神田まで早いんじゃないか」

　怜史の質問はもっともだ。

　英梨の家は西武新宿線沿線にあって、高田馬場で乗り換えるのなら、山手線で新宿、中央線快速で神田までというのが最もポピュラーなルートだろう。

「その点は私も疑問に思って訊いてみたんですけど、山手線なら二回乗り換えなくていいし、時間も五分と違わないそうです」

「なんだ。そんなものしか違わないのか。じゃあ乗り換えが少ない方がいいな」

「そういうことです……って、そうじゃなくて。もうちょっと協力してくれたっていいじゃないですか」

先月の五反田事件で、怜史の推理と行動力に――やや呆れながらも――感心したイズミである。今回も何か自分が見落としたことを指摘してくれるのではないかと、期待してわざわざ近くに腰を下ろしたのだ。

「もう充分したように思う。これ以上は俺の知ったことじゃない」

「そんな」

「あ、でも、そのイケメンは痴漢とぐるだったのかもよ？　先日、和泉ちゃんが言ってたやつみたいなさ？」

見かねた榊が口を挟む。

「え、それはどういうことですか？」

イズミは怜史を見やったが、怜史はどこ吹く風でコーヒーをすする。

仕方なくイズミは榊を見やった。

「マスター？」

「なんか最近、イケメンの痴漢グループがいるんだって。ほら、女の子ってやっぱりイケメンに弱いでしょ？　『痴漢かな？』って思って振り向いたらイケメンがいて、『え？　まさかこの人が？』って戸惑って、何も言えないうちに逃げられちゃうみたいなんだ。中には、わざと隣りの男をちら見して、関係ない人を痴漢と思わせたりするやつもいるんだってさ」

「なんですかそれ！　最低！」

腹が立ってつい声が高くなる。

「ほんと卑劣だよね。そいつら、痴漢するのは一人か二人なんだけど、同じ車両に仲間が乗ってて、電車を降りるとグループで集まるんだって。その英梨ちゃんて子に訊いてみたら？　もしも逃げて行った痴漢もそこそこイケメンだったら、ホームで会ったイケメンくんとぐるだった可能性があるかも」

「それって掏摸にも当てはまりますよね？　ホームでイケメン野郎が英梨ちゃんに話しかけているうちに仲間が掏って行ったとか。ぐるだったら、イケメン野郎が深追いしないように言ったのは、仲間を助けるためですもん」

「それも可能性の一つだね」

「でも、そしたら合コンに誘いますかね？」

「だって英梨ちゃんてかなり可愛いんでしょ？　私が二十代のイケメンだったら駄目元で誘ってみるかな」

「えー、マスターも?」

「あくまで二十代のイケメンだったら、だよ。まあ、二十代だったらまだ勢いで誘えたかもだけど、今はとてもそんな勇気ないよ」

微苦笑する榊はイケメンでなくてもそれなりに魅力的だと思うのだが、それはイズミ自身がビジュアルで勝負するタイプではないからかもしれない。

「――そんなグループがいるんなら、教えてくれたっていいじゃないですか」

傍らで黙ったままの怜史をイズミは軽く睨《にら》んだ。

「英梨自身が痴漢はその逃げて行ったやつだけで、翔太は違うって言ったんだろう? 俺が目撃したグループは三、四人だったし違うと思う」

「え? 和泉さん、そいつらを目撃したんですか? 警察に言いました?」

「言ってない」

「どうして? ひどい。痴漢は犯罪ですよ? 和泉さんは犯罪者をみすみす見逃すつもりなんですか?」

咎《とが》めるように問うたイズミに、怜史はようやくカップを下ろしてイズミを見た。

「……あのな、俺は正義の味方じゃないんだ。ついでに言うと君のコンサルタントでもない。痴漢なんて現行犯じゃなきゃ逮捕は難しいし、訴えたければ被害者がまず動くべきだ。運がよければ翔太みたいな協力者が現れるだろう」

「自分がその協力者になろうとは思わないんですね？」

「興味があればなるし、なければならない。この点に関しては俺は多数派だと思っている。俺は俺の趣味で電車に乗っているのであって、車内パトロールは俺の仕事じゃない。みんながみんな君のように正義感があるとは限らないんだ。現に英梨の時だって声をかけたのは翔太だけだったみたいじゃないか。君は英梨の同僚だから助けたいと思う気持ちも判らんでもないが、俺は英梨を知らないし、ブランド物に身を固めた若い女なんて正直どうでもいい」

それはすなわち、よく知らないイズミにも協力する気はないということだろう。

五反田での事件以降、イズミはデザート・ムーンに週に三日ほど顔を出しているが、まだ出会って一ヶ月ほどだから常連とは言い難い。怜史とはほぼ毎回顔を合わせているものの、よくて「知り合い」、もしかしたら「顔見知り」程度にしか思われていないようだ。

「和泉さんて、なんか冷たい」

「君に」

「私にどう思われようと、和泉さんはどうでもいいんでしょうけれど」

先回りして言うと、イズミは財布を取り出してコーヒー代をカウンターに置いた。

「英梨ちゃんは確かにブランド好きだけど、分不相応じゃないですよ。普通に働いてるんだから何を買おうと本人の自由じゃないですか。カードは使ってるみたいだけど、ちゃんとやりくりしてるって言ってたし、ユーズド品を上手く使い回してるし。盗られたお財布は――あれもブランド物で新品同様だったけど、亡くなったお母さんの形見だそうです。ブランド品で固めた女のみんながみんな、大金持ちのお嬢さまとか、男に貢がせてる遊び人じゃないんです。こんなのも和泉さんにはどーでもいいことなんでしょうけれど。私は英梨ちゃんが好きだし、大事な同僚だから全力で協力しますよ。――お食事中、失礼しました」

言っても無駄だとは思ったが、つい口にしてしまった。

言うだけ言ってしまうと急に恥ずかしくなって、二人の顔を確かめることなく、イズミはそそくさとデザート・ムーンを後にした。

三日経っても英梨の財布は見つからなかった。

カード類は止めて再発行手続きをしたものの、英梨の落ち込みように、オフィス全体がどんよりしている。

「英梨ちゃんて、初めて会った時は出版社勤めにしては派手な子だな、って思ったんですけど――ほら、なんか他の人が地味だから場違いっていうか――でも挨拶とか言葉遣いがはきはきしてて気持ちいいんですよ」

　代官山の書店から直帰だったイズミは、散歩がてらに渋谷まで歩いてSATSUKIに来ていた。客として軽く一休みしてから帰るつもりだったのだが、オーナーの小岩井沙月に見つかりバックヤード兼オフィスに招かれたのである。

「最近は、若い人は口の利き方を知らない、みたいに思われているから、容姿が派手だと特にギャップ感じちゃうのかも。実際はちゃんと話せる子の方が多いのに」

「ですよね。って、私も最初ぎょっとしちゃったんで、そういう風に思い込んでたと思います。英梨ちゃんは電話の応対もしっかりしてるし、元気なんだけど無駄じゃないっていうか、空回りしてないっていうか、ほんとにいいムードメーカーなんです。その英梨ちゃんがどよんとしてるから、もう、オフィスが息苦しいのなんの」

「お財布、見つかるといいんだけど――お母さんの形見なんだよね？」

「ええ。お母さん、二年前にガンで亡くなってるんです。英梨ちゃんと違って地味な人だったみたいなんですけど、でもお小遣いやバイトの範囲ならってことで、英梨ちゃんのおしゃれは応援してくれてたそうです。それで英梨ちゃんにちょっと影響されたのか、お母さんもパートのお金をこつこつ貯めてヴィトンの財布を買ったんですけど、なんか自分には似合わないかな、って悩んでるうちにガンになっちゃって。だからほとんど使われてなかったんですが、この間、三回忌過ぎてからお父さんが、せっかくだから英梨ちゃんが使えばって勧めてくれたそうで」

実はこれらは、先輩である鳥飼達也が教えてくれたことである。英梨自身は「大事なプレゼント」としか言っておらず、そこがまたイズミの同情を誘う。

「掏られた可能性が高いなら、落し物として見つかることはなさそうね」

「そうなんです。警察は当てにならないからって、オークションサイトとかもチェックしてるんですけどね。一応内側の端っこに小さい傷があるそうで、見れば判るっていうんですけど、いちいち落札する訳にいかないじゃないですか。問い合わせて内側の拡大写真を送ってもらったりしてるらしいですけど」

「質屋の方は？　あ、リサイクルショップとか。和泉さんの言うことを鵜呑《うの》みにする訳じゃないけど、そういうところで売り払うっていうのはあるんじゃない？」

「でも質屋とかリサイクルショップとかって、身分証明書が必要ですよね？　だからネットの方が捌《さば》きやすいかなって」

「そっか……ヴィトンの財布って割とポピュラーだから難しいね」

「そうなんですよ」

「でもそれでデザート・ムーンに行きづらくて、ウチに来たの？」

「そうなんですよ……あれ？」

勝手に相談して、相手にされなくて、顔も見ずに怒って飛び出したのが恥ずかしくて、この三日間デザート・ムーンには足を運んでいない。

「ふふふ、判るわよー、それくらい」

「マスターはいいんですよ。でも和泉さんにはまた莫迦《ばか》にされそうで……あー、そろそろマスターのナポリタンが食べたい」

「あら、やっぱりウチの草食系ミールじゃ足りなかった？」

「いえいえ、そういうことじゃなくて」

「冗談よ。でも私、和泉さんが折川さんを莫迦にしてるとは思わないけど。話を聞く限り、ちゃんと真面目に応えてくれてるじゃない」

「真面目に冗談言ってましたけど」

「興味のないことはしないとか、すごく正直だよね。下手に同情したり、変に偽善者ぶったりしないところ、私は結構好きだな。――あ、別に折川さんが偽善者だって言ってるんじゃないのよ」

「判ってます」

「ただ、普通そういうことってあからさまには言わないじゃない？　普通なら嘘でも同情したふりするものよ。だから面と向かってそういうことを言ったというのは本音で話してくれてるってことで、折川さんのことを信頼しているっていうか、少なくとも莫迦にしているようには思えないんだけど」

「……慰《なぐさ》めてくれるのは嬉しいですけど、あの人絶対、人を見て態度変えたりしてないと思います。もー、我が道を行くって感じで」

「あははは、それはそれで羨《うらや》ましいわ。誰にも気兼ねせず、好きなことだけして暮らすなんて、なかなかできないことだもの。私も割と好きなように暮らしている方だけど、全てが理想通りかというとそうでもないし。自営のオーナーといえども、そう自由にはならないっていうか……ごめん、なんか愚痴《ぐち》っぽくなっちゃったね」

「いえ、そんな」

「仕事の話はおいといて」と、小岩井はにっこりした。「合コンが楽しみね。後で報告よろしくね」

「え、どうしてもう行く前提なんですか？」

「だってそのイケメンくんが掏摸とぐるなのかどうか、探りを入れる絶好のチャンスじゃない。折川さんがこれを逃す筈《はず》はないわ」

「うう、お見通しですか」

落ち込んでいる英梨だが、それはそれ、これはこれと、翔太と早速連絡を取り合い、来週金曜日の合コンが既に決まっていた。

さりげなく財布を失くしたことも伝えたようだが、「マジで？　うわー、マジ最悪の月曜だったね。せめて合コンは楽しんでもらえるようにいい店探しとく」と当たり障りのない反応だったそうである。

「翔太くんて子がクロでもシロでも、バルチモア・グループ勤めなら合コン的に期待できそう。先輩とか上司なら年齢的にも合いそうじゃない。いい出会いがあるよう祈ってるわ。報告、待ってるからね！」

「もう、小岩井さんてば……」

呆れつつも、多少の打算は無きにしも非《あら》ずのイズミであった。


怜史が言ったから——というより、小岩井も勧めたから——イズミは英梨から財布のモデルを教えてもらい、移動中の空いた時間に質屋やリサイクルショップをチェックしてみることにした。

無論、駄目元である。

ざっと検索したところ、山手線沿線だけで二千軒以上の店があるようだ。

英梨がガムを買ったのは高田馬場駅のキオスクだということから、掏られたとしたら高田馬場駅か目白駅だろうと考えた。

でも盗品を売るなら、現場から離れたところかな……

となると範囲は広がるばかりだが、駄目元だからと割り切ることにする。

「駄目元っていうより、自己満足かも」

つぶやいてから、とりあえず出先から近い店に電話をかけた。応答した店員に英梨の財布と同じモデルがないかを訊ねてみる。店を警戒させないために、盗品を捜しているということは伏せて、地道な問い合わせをイズミは続けた。

——金曜の夜は十九時に高田馬場の「平和の女神像」前で英梨と待ち合わせた。

池袋からの内回りの山手線を降りると、出口に向かったイズミの耳にアニメ「鉄腕アトム」のメロディが届いた。アトムの誕生日に合わせて、二〇〇三年四月七日から使われ始めたこのメロディは、いわゆる「発車メロディ」の先駆けだ。

学生の乗降客が多いからか、駅ビルにはカラオケに加えボウリング場まで入っていて、駅付近はディスカウント店を始めチェーン店が林立している。

合コン先の居酒屋は徒歩で二分ほどらしい。十七時半で終業の英梨は会社で着替えて来たそうで、バッグは同じだが、コートもスカートもブーティも昼間とは違うものである。英梨と合コンに行くのは会社にも筒抜けだったため、イズミの方も着替えを持って出勤したが、夕方のアポがあったために出先の池袋で着替える羽目になった。

「さ、寒い。足が」

英梨の勧めで、イズミにしては珍しく膝丈のワンピースを着ていた。靴はいつものローヒールのままだが、バッグは営業用のエディターズバッグから、普段あまり使わない小さめのハンドバッグに替えている。

「気合いが足りないんですよ、気合いが」

「英梨ちゃん、それ昭和っぽい」

「これだからゆとりは」

「言ったな。というか私、一応ゆとり前なんだけど」

「あれ、そうでしたっけ？　それよりまだちょっと時間あるし、その荷物、ロッカーに入れちゃいません？　ロッカー、こっちにありますよ」

「流石《さすが》地元、詳しいね」

「地元じゃないですけど、私、大学で通ってたし」

「え、英梨ちゃん、まさかの早稲田？」

「まさかってひどーい。でも早稲田じゃなくて東京富士ですけどね」

「東京富士？」

「絶対知らないと思ってました。高田馬場の大学っていうと早稲田みたいに思われてるけど、東京富士大の方が駅に近いんです。ま、レベルも知名度も早稲田の方が断然上ですけどね。でも高田馬場って学習院や日本女子大にも近いんですよ」

「そうなんだ」

「翔太くんは早稲田なんだって。同僚も一人そうみたい」

「あ、だから高田馬場にしたのかな？」

「あ、それは私が帰りやすいだろうからって。今日は高校の友達もいるし、ここからなら一本で帰れるし。折川さんもでしょ？　なかなか気配りできる子なんですよ、翔太くん」

同い年の翔太を「子」呼ばわりして英梨はにっこりした。

ロッカーに荷物を入れてしまうと、高校の同級生だという茉莉《まり》と、大学の同期だという玲乃《れの》の二人と落ち合って指定の居酒屋へ向かう。

半個室が予約されていて男性陣は既に来ていた。

一通り自己紹介する間にドリンクが届き、翔太が乾杯の音頭《おんど》を取った。

男女交互の座席でイズミは翔太の隣り、英梨は翔太の正面、英梨の隣りでイズミの正面には翔太の先輩の一人である工藤《くどう》が座っている。工藤ともう一人の酒井《さかい》という男が三十前後で、残りの森崎《もりさき》は翔太の同期ということだった。

三十前後ならイズミと同年代なのだが、工藤も酒井も話しかけるのはイズミ以外の若い三人が多い。

茉莉も玲乃も、英梨に似て華やかな容姿だから当然といえば当然だ。

そんな予感はしてたけどね――

思いつつ、ややがっかりしたイズミである。

英梨と翔太が気配り上手なのがせめてもの救いだった。

「ほら、私は夕方まで動けないじゃない？　けど折川さんが空き時間にあちこちのお店をチェックしてくれてるんだ。今日も一軒、池袋の店でそれっぽいのあるって判って、折川さんにライン送ったら、『今日、夕方に池袋行くから、後でチェックしてくるね』って」

「へぇー、優しい先輩ですね」

けしておざなりではない言い方に加え、わざわざイズミの方を向いて相槌《あいづち》を打つところが好感度が高い。また、英梨が言ったように翔太はなかなかのイケメンである。怜史なら好みと角度で五割の同意を得られるかどうかだが、翔太は好みの違いはあれど八割がイケメンと判断しそうな容姿をしていた。

――って、和泉さんのことなんかどうでもいいじゃん。

今日は掏摸のことを探りに来たのだと、気持ちを改める。

「折川さん？」

「翔太くんて――あ、ごめん。英梨ちゃんがそう呼んでるから――伊坂《いさか》くんて」

「翔太でいいですよ」

名字で呼び直したイズミに翔太はすかさず言って微笑んだ。

……やるな、イケメン。

「え、何それお前、ホストっぽい」

「ぽい、ぽい」

工藤と酒井が間髪を容れずにからかう。

「え、だって……じゃあ俺もイズミさんって呼んでいいですか？」

「うえー、ますますホストっぽい」と、酒井。

「いいじゃん」と、英梨が横から可愛く口を挟む。「っていうかずるい、翔太くんだけ。私だってイズミさんって呼んじゃうもんね～。ね、イズミさん？」

「それはいいけど」

「もう、英梨ちゃん、話が進まないじゃん。翔太くんて、の後が気になるんだけど」

会話が中断して茉莉や玲乃、森崎までイズミを見ているのが居心地悪い。

「ええとその、翔太くんて……割と正義感ある方なのかな？」

痴漢を話題にするのは英梨が避けたいだろうと、曖昧《あいまい》な質問になってしまった。

「え？　急になんですか？」

翔太の反応には戸惑いというよりも、狼狽《ろうばい》を感じる。

怪しい――と、思った矢先、英梨が口を挟んだ。

「正義感、ありありじゃないですか。だってあの朝、あれだけ人がいたのに、声かけてくれたの翔太くんだけですよ」

英梨の方から痴漢のことを口にした。痴漢の詳細は省き、翔太を持ち上げる形にして、止まった会話を上手く盛り上げる。

が、イズミは男たちの反応が気になった。「痴漢」と聞いて、一瞬だけだが、何故か四人一様に微妙な顔になったのだ。

まさかとは思うけど、彼らが「イケメン痴漢グループ」じゃないよね……？

思ってからすぐに打ち消した。翔太に加え工藤もそこそこのイケメンなのだが、酒井と森崎は至って普通の容姿だから、イケメンのグループとは言い難い。だが英梨から聞き出した痴漢の容姿は「普通のサラリーマン」だったから、翔太の仲間という線はまだ捨て切れない。

「でもさぁ、男ならそこは追いかけて代わりに捕まえてやるとかさ」

笑いながら工藤はコメントしたが、そこはかとない嫌みをイズミは感じた。

「いやでもやっぱり、近頃は逆ギレとか怖いじゃないですか。俺、腕力には自信ないし、そういうのは武闘派に任せます」

「逃げてった人、やばそうな人だったの？」と、茉莉が訊いた。

「ううん。ちらっと見ただけだったけど、結構普通の人だった。でも普通でも今は判んないでしょ？　大体普通の人は痴漢なんてしないしね」

「そうだね」

相槌を打ってからイズミは訊いた。

「ね、その人のこと覚えてる？　もう一回見たら、翔太くん、判る？」

「どういうことですか？　もしかして見つけ出して警察に突き出そうとか？　でも俺、そいつの顔、もうほとんど覚えてないですけど」

　そう言って翔太は苦笑したが、目は笑っていなかった。

「……ちょっと気になっただけ。他の人は無視を決め込んでたのに、翔太くんは違ったみたいだから、なんとなく痴漢をマークしてたのかなって」

「それはないですよ。英梨ちゃんが『やめてください』って言ったから気付いただけで、俺、割と近くにいたけど車内は満員だったし、触ってるとことか、とても見えないし。だから痴漢って難しいんでしょ。現行犯逮捕しにくいから」

「みたいだね」

　同意はしたものの、「警察」や「現行犯逮捕」などという言葉を自ら口にするあたりに翔太の警戒心が感じられた。

「私、その痴漢が英梨ちゃんの財布を掏ったのかもって思ってるんだけど、翔太くんはどう思う?」

「それは——どうかなぁ?　英梨ちゃん、結構がっちりバッグ持ってたよね?　あいつを追いかけた時も、こう、胸の前にさ」

「お前、胸見てたんだろー。やらしーなー」と、酒井が茶々を入れる。

「違いますよ。転んだら危ないなって」

「嘘つけよ」と、工藤が言った。「イケメンだから何しても許されると思って——英梨ちゃんたちも気を付けた方がいいよ」

酒井の台詞は明らかな冗談だが、工藤の声には翔太への嫉妬《しっと》が見え隠れしていた。

工藤もイケメンに分類されるとはいえ、翔太の方が見た目は上でしかも若い。

「いやいや先輩、別に何しても許されるとは思ってないです」

「イケメンなのは認めるんだな？」

「認めますよ。認めないとかえって嫌みでしょ？　でも俺、顔だけじゃなくて中身でも充分勝負できますから」

にこやかに冗談めかして翔太は言ったが、工藤は顔だけだと非難しているような含みがあった。

――マウンティングって、女だけのものじゃなかったんだな……

イズミがしみじみ思っていると、工藤が英梨たちを見回して笑った。

「痴漢ってほんと最低だよね。英梨ちゃん、えらいよ。そうやって女性ももっと声上げていかないとね。英梨ちゃんみたいに勇気ある子が増えて、痴漢がどんどん捕まればいいんだけど、現実、難しいよね。小畑《おばた》みたいに逃げちゃうやつもいるしさ……」

翔太だけでなく酒井や森崎の顔色も変わった。

「おい工藤――」

酒井が止めに入ったが、イズミはあえて工藤に問うた。

「小畑って誰のことですか？」

「小畑ってのは伊坂たちの同期だよ。もう辞めたけど。ぶっさいくでモテなかったのを痴漢で憂《う》さ晴らししててさ」

「小畑はやってないです。警察だってそう認めた」と、翔太が言い返した。

「はいはい、証拠不十分ね。でも女の子の方は絶対って言ってたじゃん。かわいそうだよ。あんなのに触られた挙句に逃げられちゃってさ。あいつ口だけは上手かったもんなぁ。警察まで丸めこんじゃうんだから。女の子からしたら悔しいよね？」

痴漢に逃げられた英梨を始め、茉莉や玲乃もどう反応したものか困った様子だ。

「先輩、もうその辺で」と、森崎がそっと言った。

「なんでだよ。いいじゃんか、本当のことなんだから」

ビールをあおってから工藤が悪ノリする。

「小畑って顔からして女慣れしてないのは判るけど、営業先ではそこそこトークできるくせに、合コンなんかでは挙動不審でさ……社内にちょっと気になる女の子がいたらしいんだけど、不気味がられちゃって」

「工藤さん」と、翔太が工藤を睨む。

「そのストレスを痴漢で発散させてたんだよ。でもある日、英梨ちゃんみたいな勇気ある子が告発してさ。数日前にも同じ子を触ってたんだって。で、捕まったんだけど、あいつ、男が相手だと普通にしゃべれるからさ。警察では上手いこと言って証拠不十分で釈放《しゃくほう》。めっちゃ嫌なやつじゃない？」

「いい加減にしてくださいよ。警察が冤罪《えんざい》だって認めたんですよ？」

叫びこそしなかったものの、怒りのこもった声で翔太が言った。

「じゃあなんであいつ会社辞めたんだよ。冤罪なら別に辞めることないだろ？　富山だっけ、小畑の実家？　ウチ辞めて今ニートなんだってな？」

「あいつが辞めたのは先輩のせいじゃないですか」

「おい伊坂」

酒井が割って入ったが翔太は黙らなかった。

「あいつの無罪を上は喜んでくれたのに、先輩が後からあることないこと――いや、ないことばかり周りに言いふらしたから……。小畑が辞めたのは先輩に嫌気がさしたからです。社内で小畑が好きだった子を、わざわざ選んで彼女にしたり――」

「伊坂、お前、空気の読めないやつだな～」と、この期に及んで工藤は笑った。

「空気読めないのは工藤さんの方じゃないですか。ごめんね、英梨ちゃん、こんなことになって。ほんとは酒井先輩だけに声かけようと思ってたのに、俺と森崎の話を盗み聞きして、自分も行くってうるさくてさ。この人、できないくせにやたら先輩風吹かしてくるから避けてたんだけど、酒井先輩にはお世話になってるから、先輩の同期のこの人も無下《むげ》にはできなくて」

「なんだと、おい！」

「工藤さん、あんた小畑を莫迦にしてるけど、あいつもう再就職決めましたよ。八住《やすみ》商事の社内コンサルです。大手町の本社勤務っすよ」

「え？」

「あいつがアシスタントで担当してた顧客の推薦です。あいつがウチ辞めたのすごく残念がったお客の一人。あいつの心配より、自分の心配した方がいいっすよ、工藤さん。そろそろまずいことになってるでしょ？」

「まずいことって――」

「かなりクレームきてるって聞きましたよ。ウチ、外資なんでそういうとこシビアじゃないですか。年内に切られてもおかしくないっすよ。顔とトークだけでやってきたツケなんじゃないですか？」

「お前だって」

「一緒にしないでくださいよ。俺、三年目なんでこれからですけど、顔も実力も工藤さんよりずっと上ですから」

「うるせぇ！」

怒りにかられた工藤がジョッキに残っていたビールを翔太に浴びせた。

「ちょっ……」

同じサイドにいた森崎が止めようとしたが、間には玲乃がいる。森崎が回り込む間に工藤は水や英梨のカクテルなどを手当たり次第に翔太にぶっかけてから、上着とバッグをつかんで出て行った。

「……あーあ」

森崎がつぶやき、酒井も苦虫を嚙み潰したような顔をする。

「どんな時もまず平常心、ＴＰＯを考えろって教えただろうが……」

「すみません。我慢できなくて。イズミさん、大丈夫だった？」

「あ、私は平気」

イズミもよけたが、末席にいた翔太はとっさに大きく反対側に身を引いていた。

「よかった。みんなごめん！　ここは俺が払うからさ。俺は帰るから、みんなはゆっくり飲み直してよ。森崎、一旦締めるから後は立て替えといて。月曜に返すから」

ほんとごめん、と、苦笑で誤魔化してから翔太は部屋を出て行った。

「私はちょっとトイレ」

そう言ってイズミは席を外し、翔太の後を追った。

「翔太くん、ちょっと待って」

会計を済ませた翔太が振り向いた。

「ちょっと訊きたいことが……」

「あ、ライン交換します？」

「いや、そうじゃなくて」

否定してから、連絡先交換だったらこんなに気軽に声をかけられなかったなと内心苦笑する。翔太が意外そうな顔をしたのもなんだか可笑《おか》しい。

翔太をうながして、レジから離れたところへ移動した。

「翔太くんさ、痴漢のことはほんとに偶然だったの？」

「え？　それってつまり、イズミさんは俺を疑ってるんですか？　痴漢の仲間——あ、掏摸の仲間として？　だとしたらちょっとショックだな」

「うーん、それは違うかなって思うんだけど、でも英梨ちゃんに近付いたのには、何か目的があったからじゃないのかなって」

「そりゃ……英梨ちゃん可愛いから、あわよくばって思って声かけましたよ」

おどけた口調で翔太は言ったが、違和感は残ったままだ。

「そうじゃなくて、下心じゃない何か……ぐるじゃなくても、さっき小畑って同期の子をかばったみたいに、ほんとは痴漢をかばおうとしたとか」

翔太が目を見張った。

「あ、当たり？」

「当たりっていうか……イズミさんって意外に切れ者ですよね」

——そんなに「意外」ですかね。

「痴漢を逃がすために英梨ちゃんに声をかけたんだ？」

「それはちょっと違うけど」

「どういうこと？」

「だってあの人は痴漢じゃないもん」

「嘘！　絶対あの人だもん！」

いつの間に来ていたのか、短く叫ぶように言って英梨が翔太の前に立った。

「違うよ。英梨ちゃんが声を上げた時、俺、見たんだよね。あの人、左手で吊革《つりかわ》につかまってた」

「右手で触られたんだから当たり前でしょ？」

「でも目白でダッシュして逃げた時、あの人は右手にバッグを持ってた。だから無理でしょ？　やったのはあの人の隣りで、英梨ちゃんの斜め後ろにいたやつだよ」

「なんでそんなことが判んの？　見えなかったって言ったじゃん」

「見えなかったけど、英梨ちゃんが『やめてください』って言った後、他の男はみんな気まずそうな顔をしたけど、そいつだけは平然としてた。アイドル系の学生っぽいやつ。覚えてない？」

「そういえばそんな人もいたけど……」

「それこそ、見た目に騙《だま》されたんじゃないの？　逃げた人はきっと、冤罪が怖かったんだよ。英梨ちゃんがあまりにも自信満々だったからさ」

「そんな……」

「絶対、って英梨ちゃんは言ったけどさ。手をつかんだ訳じゃないし、絶対じゃないよ。でもさ、女がそんなこと言ったら警察は信用すんじゃん。小畑の時も女が断言したんだよ。この人で間違いありません、って。結局後で俺みたいな目撃者が出てきて小畑は助かったけど、そうじゃなかったら裁判になっても負けたかも。だから俺、なんかそういういい加減なこと言う女が許せなくて――」

「いい加減だなんて――あの時は、私だって怖くて……」と、英梨が言葉を濁《にご》す。

「許せないから、英梨ちゃんに声をかけたの？　小畑さんみたいな『被害者』を出さないように、足止めしたんじゃなかったの？」

納得できずにイズミが訊くと、翔太は黙り込んだ。

英梨も口をつぐんだまま、まっすぐ翔太を見上げている。

たっぷり十秒ほど沈黙が続いて――こういう時の十秒は意外に長いものだ――やがて覚

悟したように翔太が口を開いた。

「……ああ、また勘違い女がいるって思ったんだ。お前もどうせ見た目重視なんだろ、って。女はよく言ってるよね。『ただしイケメンに限る』って。だから軽く誘ってみて、ほいほいついて来るような女だったら、適当に遊んで捨ててやる――そう思って声かけた」

「何それ、最低」と、英梨が口を尖らせる。

「最低だよ。俺もだけど、そういう女も。でも結構いるんだよ。自意識過剰でさ。男はみんな自分を見てると思ってる。痴漢をでっちあげる女って珍しくないんだよ。大体、英梨ちゃんだってさ、俺がすっごい不細工でも合コンOKしてくれた？」

「それは……うーん、人による」

「そんなこと言ってさ――」

「ちょっと待った」と、イズミは口を挟んだ。「もういいじゃん」

止めないと無駄な罵《のの》り合いが続きそうだったからだ。

「よくないですよ」と、英梨が不満げに言う。

「でも英梨ちゃん、翔太くんはここでも嘘をつくことできたよ」

「え？」

「コンサルタントなんて口八丁なんだから、私にも英梨ちゃんにも適当に嘘をつくことができた筈。でもそうしないでちゃんと話してくれたってことは、少なくとも英梨ちゃんのことは、いい加減とか見た目だけとか思っていないってことでしょ?」

「それは……でもそれって、イズミさんだからじゃないですか? 翔太くん、年上好きっぽいし」

「そんなことないよ」

――そうきっぱり否定しなくてもいいんじゃないかな。

「でも私のことはそういう軽い女だって思ってたんでしょ?」

「それは最初だけだよ。合コンとか財布のことやり取りする間に、俺が思ってたような子じゃなかったなって気付いたんだよ。だから今日は普通に仲良くなりたいと思って来たんだけど、小畑のことは我慢できなくて……」

「その小畑さんて人、そんなに人相悪いの?」

「そうでもないと思うけど、俺は男だから」

言いつつ翔太がスマホを取り出して英梨に見せた。

「え! やだ!」

声を高くした英梨に翔太がむっとしたのも一瞬だ。

「もうドストライク!」

「え?」と、翔太とイズミの声が重なる。

急にきらめき立った目と声で英梨が訊いた。

「背は？　背はどれくらい？」

「あ、俺よりちょっと低いかな」

「これだとそんなに太ってないよね？」

「まあ、デブというより、ガタイがいいっていうか……」

「やだ～。もう～。翔太くんお願い！　今度この人連れて来て」

「ええ？　ちょっと英梨ちゃん……」

イズミが横から覗きこんだスマホには、ぽっちゃりめで鼻が大きい割には目の小さい男の写真があった。工藤のように「不細工」と言い切るほどではないが、顔だけなら今日の男性陣の中では最下位だったと思われる。

「マジ、超タイプ！　これで黒縁メガネかけてたら完璧！」

「黒縁、たまにかけてるけど――」

「きゃー！」

「きゃー、って……」

憮然《ぶぜん》としたところを見ると、翔太は割と本気で英梨を気に入っていたらしい。

そういうこともあるよ……

ぽんっと肩でも叩いてやりたくなったが、長身の翔太の肩は高過ぎるし、こういうことでさえ逆セクハラと言われかねない時代だ。

「飲み直そうよ、翔太くん！　小畑さんのこともっと教えて！」

肉食女子と化した英梨が、目を爛々《らんらん》とさせて言った。

「え、いや俺、ずぶ濡れだし……」

「大丈夫！　私、ゴミ袋もらってきてあげる」

「ゴミ袋って」

「濡れたままじゃお店に悪いじゃん？　あ、それともその辺で適当な着替え買って来てあげようか？　でもまずはおしぼりだね。ちょっと待ってて！」

返事も聞かずに英梨はキッチンの方へ駆けて行く。

「英梨ちゃんって、意外に気配り上手なんだよね……」

フォローするつもりでイズミが言うと、翔太は小さく苦笑を漏らした。

「イズミさんもね。さっきは俺のことかばってくれてありがとうございました。あ、これは口八丁コンサルのリップサービスじゃないんで」

「そういうことを、さらっと言えちゃうのがデキる男っぽい」

「ぽい、って……」

翔太が更に苦笑したところへ、「早くー」と、両手いっぱいにおしぼりを持った英梨が呼んだ。

二次会に行こうという六人に別れを告げて、イズミは山手線に乗った。

二十一時を過ぎたところである。

金曜の夜にしては早いが、イズミたちが話している間に、残りの四人も片付けながらそれなりに打ち解けていたらしい。座に戻ってからも英梨は小畑のことを訊き出すのに余念がなかったが、翔太はそれでも英梨が気になっているようで、となると自分だけ半端者に思えて二次会に参加するのは気が引けた。

車内では少しうつらうつらしたものの、巣鴨で降りると冷気で眠気は吹き飛び、代わりに食欲が湧いてきた。流石に合コンでは思い切り飲み食いできず、腹八分どころか五分くらいで、後はドリンクで誤魔化していたのだ。

小腹を満たすためにおにぎりを一つだけ買おうと思ったのだが、コンビニに入った途端に気が変わってイズミはカゴを手に取った。

好きな時に好きなものを食べられる。

「大人」で「一人暮らし」を喜ぶことのできる瞬間だ。

店内をゆっくり回り、おにぎりとパンを一つずつ、期間限定のチョコに加え、「念のため」にカップラーメンを一つカゴに入れる。

更にジェラートを買うべくアイスクーラーに近寄ると、お気に入りの桃フレーバーが一つだけ残っていた。

――ラッキー。

ひょいと取って顔を上げると、クーラーの向かいに憮然とした怜史が立っていた。

「君か……」

「え、和泉さんも桃が好きなんですか？　あげませんけど」

怜史はイズミには応えず、スマホを取り出すと電話をかけた。

「一郎か？　俺だ。桃のアイスは最後の一つを折川さんに取られた。マンゴーか洋梨ならまだあるがどうする？」

「え、マスターになら譲ってもいいです」

「……一郎になら譲ってもいいそうだ」

二言三言交わしたのちに、怜史が言った。

「譲ってくれなくていいから、よかったら店でコーヒーでもどうかと言っている」

先日捨て台詞のようなことを言って店を出てから、デザート・ムーンには一週間以上顔を出していない。

「嬉しい！　行きます！」

「……だそうだ」

電話を切った怜史と会計を済ませて外に出る。

先日のことがあるから、ただ黙って歩くのはどうも気まずい。

「きょ」うは寒いですね――と言いかけて思い留まった。

天気の話など、するだけ無駄だと思われそうだ。

「もしかして、今日も同じ電車だったんですかね？」

「君の方が一、二本早かったと思う。俺の買い物は決まっていたからな」

いくつもの買い物をしたイズミと違い、怜史はジェラート二つにクラブソーダだけを購入していた。

「それにしても遅かったじゃないですか。あ、和泉さんも合コンだったとか？」

「君は合コンだったのか」

あ。

酔いがまだ残っているとはいえ、余計なことを言ったとイズミはすぐに後悔した。

「えーと」

「俺は今日のうちに本を読み終えたかったから遅くなっただけだ」

「あ、そうなんですか」

ツッコまれなかったことにほっとしつつ、イズミは応えた。

「でもそれって要するに、和泉さんは車内でしか読書しないんですか？」

続きが気になるなら帰ってからでも読書はできる。

「そうでもないが、まだ読み続けたいのに降りなければならない理由が、俺には特にないからな」

——ああ、なるほど。

妙にすとんと納得できて、イズミは素直に頷いた。

「いいですね。私もよく思います。朝、運よく座れて、面白い本を読んでた時は特に。降りたくない、読み続けたい、このままずっと電車に乗って行けたらなぁ、って」

「そうなんだ。俺もかつてはよくそう思った。まあ、できれば仕事に行きたくないという気持ちもあったがな」

すんなり同意されてイズミの方が面食らう。

「仕事、嫌いだったんですか？」

「嫌いというほどではなかったが、働かずに済むならそうしたいと思っていた。毎朝通勤駅に着く度に、このまま乗り過ごしてしまいたいと思ったものだ。なんとか実現できないかと模索していた矢先、叔父《おじ》の遺産が手に入った。当てにしていた訳ではないし、何故俺に遺してくれたのかは謎だが、叔父もちょっと変わったところがあったからな。ありがたくいただくことにした」

「も、ということは和泉さん、変人の自覚はあるんですね？」

「俺や一郎の年代だと、定職についていて、妻か子供もしくは両方がいて、家かマンションを持っているのが一般的なイメージだろう。それら全てを持たない自分がいわゆる『普通』ではないという自覚は俺にもある」

「はあ、それはよかったですけど、仕事辞める時、悩みませんでした？　だって遺産って一生食べていけるほどじゃなかったんでしょう？」

「まあな。しかし俺は浪費家じゃない。今の暮らしなら成り立つと計算した上で、できる範囲で好きなように暮らしている」

書籍代は榊と折半《せっぱん》――というか、書棚を持たない怜史は書籍代を半分持つことで榊から本を借りている、つまりレンタル代という感覚らしい。デザート・ムーンでの飲食代は営業時間内はきっかり払っているそうだが、それ以外の「厚意」にあずかることも少なくないという。

「マスターさまさまじゃないですか」

「だからこうして使い走りをすることもある」

「お二人、大学の同期なんですよね。ほんと仲いいですよね。――あ、もしかしてお二人は……」

言いかけてイズミは口をつぐんだ。

やばい。

また酔った勢いで変なことを言うところだった――

「俺と一郎は大学の同期で親友といってもいいが、それ以外の何物でもない」

「ですよね。ならよかったです」

何がいいのかは判らないが、なんとなくほっとしてイズミは言った。

「が、そういう誤解を解きたいがためにも一郎は君と話をしたがっていた」

「え、それってどういうことですか？」

問い返したところでデザート・ムーンが見えてきて、怜史が鍵を取り出した。親友で近所に住んでいることから互いに合鍵を持っているそうである。

ドアをくぐると、カウンターの向こうから榊がにこやかにイズミたちを迎えた。

「いらっしゃい、折川さん。待ってたよ。あれ、今日は可愛い恰好だね」

「合コンだったんですよ」

「へぇ。でもこの時間に帰って来るってことは、ハズレだったのかな？」

「ご明察。残念ながら……」

ハズレだったのは相手よりもむしろ自分なのだが、そこは言わなくてもいいだろう。

「まあでも、そのおかげで怜史と会えたんだからよかったね。俺にとっては」

「なんか、誤解を解きたいとか？」

「そうなんだ。折川さん、しばらく顔見なかったからさ。もう来てくれなかったらどうしようかと思ってた」

「それは――あの、すみませんでした。この間、なんか捨て台詞みたいに言うだけ言って帰っちゃって」

「あんなの気にしなくていいんだよ。な、怜史？」

「ああ。俺は俺の、君は君の言い分を言っただけで、それが違っていたからといって俺は気にならない。俺の考えを君に強要したつもりはないし、君に強要された覚えもない。俺は俺のしたいようにするから、君も君のしたいようにすればいい」

「そりゃ和泉さんはそうかもしれないけど……ていうか、和泉さん、よくそんなんで営業が務まりましたね」

「仕事は仕事だ。これでもＴＰＯはわきまえている」

「ほんとですか？」

「だがそういう面倒臭い気遣いを極力避けたくて今に至る」

「……マスター、この人昔からこうなんですか？」

「うん、昔から。俺の知る限り」

小さく肩をすくめて榊は苦笑した。

「でも俺は、怜史のこういうところが気に入ってるけどね……ってそうじゃないんだ、折川さん」

「お二人の間に友情しかないのは、さっき和泉さんから聞きました」

「ああそう。じゃあ折川さんに一緒にSATSUKIに行って欲しいということも――」

「それは聞いてませんけど……」

ふと榊が「和泉ちゃん」ではなく「怜史」と呼んでいることに気付いた。

「あ、判った！」

「え、ほんとに？」

「小岩井さんが来たんでしょう？　私が顔を見せない間に――多分、時間的に余裕のある月曜か火曜の夜七時過ぎ。一人で来てカウンターに座って、ナポリタンとコーヒーをオーダー。マスターと雑談中に和泉さんが帰って来て、マスターが『和泉ちゃん』とか馴れ馴れしく呼ぶのを聞いて、小岩井さんに誤解されたとか？　でもその誤解を解きにわざわざSATSUKIまで行こうってことは……」

「いやほら、折川さんの話だと、小岩井さんのとこはウチとは違って随分おしゃれなカフェらしいじゃん？　社交辞令だとは思うんだけどさ。一度いらしてくださいって言われたし、かといって一人で行くのはどうも腰が引けるっていうか。それだけだよ、ほんとそれだけ」

笑いながら榊は言ったが、とても「それだけ」とは思えない。美人の小岩井だ。榊とは同年代だし、誘われて断る男はそういないだろう。

「いいですよ。でもマスター、店を空けられるんですか？」

「前もって決めてあれば、パートの人に頼むなり、休業の張り紙出すなり、怜史に頼むなりするからさ」

「和泉さんは最後の選択肢なんですね。っていうか、和泉さん、店番できるんですか？」

「時給千円で時々引き受けている」

「……和泉さん、料理できたんですね」

「レシピと材料さえ揃っていれば大抵のものは満足のいく出来になる。普段はできないのではなくやらないだけだ」

「ですよね……」

とりあえず同意しておこう、とイズミは形ばかり頷いた。

「いやぁ、とにかくよかった。あ、あと、よかったらこれ。これも渡したくて、折川さんのこと待ってたんだよ」

そう言って榊はメモを一枚イズミに渡した。

メモには八軒の店名が書かれている。

「盗品が扱われていそうな質屋とリサイクルショップだって」

「マスター、これどこから手に入れたんですか？」

「ごめん、出どころはちょっと言えないんだよね」

警察にはよき情報提供者の榊である。逆に警察から情報をもらうこともあるのかもしれないと、イズミはありがたくメモを受け取った。

「早速当たってみます」

「うん。上手く見つかるよう祈ってるよ。ああ、ごめん、俺と怜史はちょっと飲むけど、折川さんはコーヒーでいいのかな？　飲むなら、ウィスキーしかないからソーダ割りかストレートかロックかホットか、あ、アイリッシュコーヒーもできるよ。まずは合コンの話でも聞かせてよ」

「まずはアイスを食わないか？　溶けないうちに」

イズミが応える前に怜史が言った。

なんとなく判ってきたぞ、とイズミはにやりとした。

「もしかして和泉さん、ずっとアイスが気になってたでしょ？」

「ああ、ずっと気になっていた」

「そうじゃないかと思ったんです」

「ついでに君のその恰好も……」

ジェラートを一つ取って、残りを袋ごと榊に渡しながら怜史がつぶやいた。

「そんなに変ですか？」

「変とは言ってないが、君は今日はその恰好で仕事に行ったのか？」

「まさか。夕方、わざわざ出先で着替えたんですよ」

「最近の女性のスーツはそのバッグに入るほどコンパクトに畳めるものなのか？」

「そんな訳ないじゃないですか――あ！」

気付いてイズミは頭を抱えた。

「忘れてた。スーツ、ロッカーに入れたままだ……」

「そうじゃないかと思ったんだ」

初めて、微《かす》かだが怜史の口元に笑みが浮かんだのをイズミは見逃さなかった。


翌日の土曜日、イズミは都区内パスを購入した。

高田馬場にロッカーの荷物を取りに行くついでに、榊のメモにあった店を訪ねてみようと思ったのだ。

開店とほぼ同時に電話をかけて、八軒のうちの四軒に英梨の財布と同じモデルがあることを確かめた。常磐線《じようばんせん》上の北千住《きたせんじゆ》を除けば、秋葉原、原宿、新宿と山手線上の駅の近くだ。都区内パスにしたのは、間で銀座、帰りに池袋でショッピングするつもりなのもあるが、他に特に予定もないため、読書がてらに一周してもいいかという気持ちもあった。

和泉さんの真似する訳じゃないけれど――

ちょうど編集の井岡に借りた読みかけの文庫が一冊手元にある。

いつもの通勤経路だが、週末は車内の様相が全然違う。山手線だけにそこそこ乗車率は高いものの、スーツ姿の少ない車内は華やかだ。時間に余裕があるからイズミはホームの端まで歩き、比較的空いていた後部車両の空席に座った。

早速本を開いたが、思いついて榊にメッセージを送った。話の流れから、昨晩のうちにラインを交換していた。

〈これからメモのお店を訪ねて来ます。帰りにお店に寄りますね〉

〈待ってるよ。お財布、見つかるといいね。グッドラック〉

グループには榊に無理やり参加させられた怜史もいるのだが、沈黙したままだ。

〈和泉さんは今日も山手線ですか？〉

乗り降りするから、見かけることがあるかもしれないと思って訊いてみた。

数分後、榊から返信があった。

〈怜史は今、店でモーニング食べてるよ。午後からならどこかで会えるかもね〉

いや、別に会う必要はないんですけど……

まずは北千住、秋葉原と当たってみたが、どちらの財布も聞いていたより使用感のあるもので、英梨に言われた箇所に傷は見当たらなかった。

有楽町で降りて銀座で少しデパートを覗《のぞ》いてから、ランチは思い立って恵比寿で気になっていたカフェに行ってみた。

エリア限定とはいえ、乗り降り自由なのはありがたい。

原宿のリサイクルショップはハズレに終わったが、新宿は歌舞伎町の質屋にあった財布に、英梨が言っていたような小さな擦り傷があるのをイズミは見つけた。

写真を撮って英梨に送ると、すぐに返信がくる。

〈すごく似てます。確かめに行きたいけど、今外出中で、あと三時間くらいかかります。取り置きしておいてもらえますか？〉

その旨を店主らしき中年男に頼むと、男は抜け目なく言った。

「こちらも商売なんで、取り置きとなると手付金をいただきますが……」

値札が五万九千円だから、手付金は約十パーセントの五千円で現金払い、返金不可だという。五千円なら手持ちがあるが、違っていたら痛い出費だ。

しかし一週間捜してようやく見つかった当てだった。数分迷ったようだが、英梨がＯＫしたのでイズミは手付金を立て替えた。

控えをもらって外に出ると、東口の大型書店に向かった。

車内とカフェで読み続けたために、井岡から借りていた本は既に読み終えてしまっていたからだ。

森江書房で働くまであまり小説を読まなかったイズミだが、雑誌や実用書はよく読んでいた。これと決めた本があるならネットの利便性は捨て難い。だが目的があってもなくても、書店をぶらり見て回るのは楽しいものだ。あまり買わない雑誌の思わぬ特集に惹かれることもあるし、旅行本や実用書なら内容を比較し易い。書店独自のディスプレイやおすすめ本も、それぞれに違っていて面白みがある。

雑誌にも惹かれたが、車内で読むことを考えて、イズミは文庫のコーナーに足を向けた。ネット上の評価をあえて検索せずに、ジャケットやタイトル、帯文、あらすじなどを吟味《ぎんみ》して、自分が知らなかった一冊を選び取る。

会計を済ませるとイズミは新宿駅へ向かった。

英梨の到着までまだ二時間ほどある。新宿からなら山手線で一周半して、東京駅から中央線で戻って来ればちょうどいい時間になるのではないか。

新宿は日本一――いや世界一、乗降人員の多いターミナル駅だ。ＪＲは言わずもがな、東京メトロ、京王線、小田急線、都営地下鉄線が乗り入れていて、平日休日関係なく、駅には人が溢れている。

電車待ちのホームは混んでいたが、降りる客も多いから、一本やり過ごして列の先頭に立つと、次の電車には余裕で座ることができた。

発車メロディを聞きながら、イズミはバッグから買ったばかりの文庫を取り出した。

二時間後——十八時過ぎに再び降りた新宿駅で、イズミは英梨と落ち合った。

——が、質屋に行くと財布がすり替わっていた。

「これ、さっきのと違いますよ！」

思わず声が高くなる。

「そんなことないですよ」

「だって傷がなくなってる……」

モデルは同じなのだが、決め手となる筈の傷が見当たらないのである。

財布を手にした英梨もすぐに違うと気付いたようだ。口を結んで落胆をこらえている様子がいたたまれない。

「傷なんてもともとなかったですよ」

「ありましたよ、ほら」

証拠である写真を見せたが、もともと傷自体が小さく目立たないものだ。

「光の加減とかじゃないですか。これ、新品同様ですから」

「そんな筈は……私が手付金を払ってから、誰もこれには触れていないんですか？」

思いついて訊ねてみると、男がやや戸惑った顔をした。

「そういえば一人、見せてくれと言ったお客さんがいました。予約済みなんでお売りできませんと言ったんですが、中がどんな風なのか見てみたい、似たようなのがあったら購入したいということで――」

「じゃあその人がすり替えたんですよ」

「いくらなんでもそれは……ケースから出して私が手渡しましたし、確認される間、ずっと傍にいましたし」

「ずーっと見てたんですか？　一時も目を離さず？」

「それは他のお客さまもいたので、その人だけを見ていた訳じゃないです。でもこれは間違いなく本物ですよ。傷なんてない方がいいじゃないですか。大体、わざわざ傷物とそうでないものをすり替えるなんてありえないです」

「でも――」

イズミは食い下がったが、財布が本物のルイ・ヴィトンなのは間違いないらしい。

しかし英梨のものではない以上、購入する意味がない。

見間違えたとは思わないが、どうにも証明のしようがなかった。

「ごめんね、英梨ちゃん……」

「いいんですよ。駄目元と思って来たんですから」

そう言って英梨はいつも通りに微笑んだが、それがまたイズミには心苦しかった。

捨て金になった手付金を英梨は払おうとしたが、流石に受け取れない。

「いいから。むしろ私のせいで、英梨ちゃんの時間を無駄にしちゃって申し訳ない」

「そんなことないです。週末なのに気にかけてくださって、イズミさんにはほんと感謝してます。あ、そうだ。これから翔太くんたちと会うんですけど、イズミさんもどうですか？　私、おごりますよ！」

「いやいや、おごってくれなくていいから……でも英梨ちゃん、昨日に続いて今日も翔太くんたちと会うんだ？」

「はい！　翔太くん、早速小畑さんに連絡取ってくれて。今日もまた高田馬場で飲むんです。イズミさんが来てくれたら二対二でちょうどいいし」

「いや、それはいくらなんでも翔太くんに悪いよ」

「大丈夫です。合コンじゃないんで。気軽な飲み会です！　あ、今、翔太くんにラインしますね」

「ちょっと英梨ちゃん」

「あ、もしかしてこれからデートですか？」

「デートとか、そういう予定はないんだけど……」

デートも何も、デザート・ムーンで夕食がてら榊と少しおしゃべりしてから家に帰り、夜は溜まっているドラマの録画でも観ようかと思っていたのだ。

「だったらいいじゃないですか。駄目ですか？　イズミさん、彼氏いないって言ってましたよね？　小畑さん今、八住商事勤めですよ。今日仲良くなっておけば、そっちで合コンをセッティングしてもらうことも——」

「いやあの、合コンはいいんだけどね。とりあえず、私、昨日ロッカーの荷物忘れて帰っちゃって。だから高田馬場までは一緒に行くわ」

「えー、駅までじゃなくて行きましょうよー、飲み会ー。だって一人だと緊張するじゃないですかぁ」

本音を覗かせた英梨にほだされ、結局イズミも飲み会に行くことになった。

気取らない方がいいからと、今日は昨日より安く賑やかな居酒屋で飲むという。

「でも、小畑さんが英梨ちゃんのタイプって意外だった。てっきり翔太くんみたいなイケメンがいいのかと」

「男は顔じゃないですよ。あ、女もだけど」

「フォローしてくれなくていいから」

「別にフォローじゃないです。私、自分が結構見た目だけで判断されちゃうから、それが嫌で……私、中身も割といけてると思うんですけどね。って、自分で言うところがよくないかもですけど」

「うん、英梨ちゃんは中身もいけてるよ。ちゃんとしてる。でも、翔太くんだってそうじゃない?」

「ううーん、でもこればっかりは好みですからね。だってイズミさんも別に翔太くんはタイプじゃないんですよね？」

「確かに。イケメンとは思うけど、タイプかというとそうでもない……」

「そういうものなんですよ。男と女は。私も何度かそういうことありました。『可愛いとは思うけどタイプじゃない』って」

「それはちょっと自慢に聞こえる……容姿を褒められたことがない身としては」

「え、イズミさんは可愛いですよ。見る目のある人には判りますって、イズミさんの可愛さが」

「小畑さんって人の写真を見ただけでドストライクという英梨ちゃんの審美眼は、いまいち信用できないけどね」

「待ってください」

わざわざイズミの前に回り込んで英梨が力説する。

「顔だけじゃないですから。私が小畑さんをいいなと思ったのは、痴漢と疑われてもくじけなかったからです。始めから終わりまで、無罪を主張して勝ち取った。再就職を決めたのだって実力があったからですよね。ちゃんとしてる人って容姿に関係なく周りに認められていると思うんです。それに翔太くんみたいな同期があんなに必死にかばうくらいなんだから、よっぽどいい人なんだろうなって。もちろん、顔も超好みですけど。私的に」

「判った。判ったから」

翔太くんの想いが報われないことは――

その翔太と小畑は居酒屋の前で既に待っていた。

遠目に二人の姿を認めた英梨が手を振った。

「翔太くん、お待たせー!」

斜めに道を横切ろうとしたところ、後ろからどん! と男が一人ぶつかって来た。

「邪魔くせぇな。往来できゃぴきゃぴ騒いでんじゃねぇや」

イズミと英梨の間に割って入った男はうつむいたまま呆れた声でつぶやき、振り向きもせず足早に去って行く。

着古したキャップにジャンパーの、昭和の香りがする小柄な男だった。

「邪魔って――」

「英梨ちゃん」

「でも急に渡ろうとしたのはこっちが悪かったですね。どうもすみませんでした!」

人混みに紛れて行く男の背に、英梨が謝罪の言葉をかけた。

「大丈夫?」

店の前で翔太が訊いた。

「うん……」

頷きながら小畑の方を見て、英梨の頰がほんのり赤くなる。

うーん、男と女はやっぱり判らない……

「あ、ちょっと待って。私、この店のクーポン、チェックしてきたんだ」

緊張した顔を隠すように英梨がバッグの中を探った。

と、翔太がイズミのバッグを指差した。

「イズミさん、それ仕舞った方が……」

「え？」

イズミが肩にかけていたバッグを見下ろすと、横のポケットに畳まれた千円札が数枚挟まっている。

「え、なんで？」

広げてみると千円札は五枚あった。

「え、なんで！」

英梨も続けて叫んだが、イズミの千円札に対してではなかった。

バッグから出した英梨の手にはルイ・ヴィトンの長財布があった。

「嘘。どうして――？」

慌ててジッパーを開いて英梨が中を確かめる。

端の方に、イズミが質屋で見たのと同じ小さな擦り傷があった。

「これ……お母さんの……」

目を潤ませた英梨を見て、イズミははっとした。

「ねぇ英梨ちゃん、もしかしてさっきのおじさん――」

「あ、イズミさんが聞いたっていう――」

顔を見合わせて同時に言った。

「伝説の掏摸！」


月曜日の朝、イズミはいつもより二時間早く家を出た。

十二月に入ってめっきり寒くなったが、のちに営業で出歩くことを考えたら、そう着込むのは良策ではない。マフラーで耳や口元を覆い、手袋をした手をさすりながら、次々と改札に向かう人々をイズミは見つめた。

張り込み――というと大げさだが、怜史が来るのを待っているのである。

――明日の朝、怜史について行けば、何か面白いものが見られるかもよ――

昨日、ブランチを食べに行ったデザート・ムーンで榊がそう教えてくれたのだ。

英梨の財布が戻ってきた土曜日の飲み会は、伝説の掏摸のことで盛り上がった。

イズミの五千円だけでなく、財布には英梨が入れていたという三千円も入っていた。質屋に売る前に処分したのか、カード類は流石に戻ってこなかったが、二人して「返金」はありがたく飲み代とさせてもらった。

初対面の小畑は真面目だがノリは悪くなく、二軒目も参加したイズミが帰って来たのはほぼ終電である。デザート・ムーンに寄れない旨は一軒目で榊に連絡したものの、話を聞きたくて、昨日の午前中に訪ねてみたのだ。

高田馬場でぶつかって来た小柄な男こそ、怜史の言っていた「伝説の掏摸」に違いない。榊がくれた店のリストも彼から——おそらく怜史を通じて——得たものだろうというのがイズミの推察だ。

だが「ごめん、あれについては口止めされてるんだよね」と、榊から真相を知ることはできなかった。「その代わりに」と漏らしてくれたのが、今日のイベント（?）のことである。

怜史が駅に現れたのは七時過ぎで、ラッシュは既に始まっていた。

ベージュのコートにグレーのパンツ、黒のショルダーバッグに手袋といういでたちは相変わらず地味だが、見慣れたイズミにはすぐに判った。

そっと後を追って改札を抜ける。

内回りのホームに行くと、ちょうど電車が入線してきて、イズミは怜史から二つ離れたドアから乗車した。

どこに行くつもりなのかとわくわくしていると、怜史は巣鴨からわずか二駅の池袋で降車した。

慌ててイズミも降りると、怜史は中央改札から一旦外へ出て、駅構内の「チェリーロード」と名付けられた通路へ向かって行く。チェリーロードの端には待ち合わせで有名な「いけふくろう」がある。

まさか、いけふくろうで伝説の掏摸と待ち合わせ……？

と思ったのも束の間、急に怜史が振り向いてイズミはぎょっとした。

「……何してるんだ？」

見つかってしまっては仕方ない。

覚悟を決めて、イズミはにっこり営業用スマイルを浮かべて近付いた。

「おはようございます」

「何をしているのかと訊いている」

これでは下手な言い訳は通用しそうにない。

「マスターが教えてくれたんですよ。今日、和泉さんについて行けば面白いものが見られるだろうって」

「あいつ……」

「伝説の掏摸って本当にいたんですね。マスターには誤魔化されたけど、あの店のリスト、和泉さんが伝説の掏摸から訊き出してくれたんじゃないんですか？」

「伝説の掏摸なんて、ただの冗談だ」

「嘘ばっかり」

「どうやら、俺は何をどう言っても信じてもらえないようだな」

「そういう訳じゃ……でも私、伝説の掏摸に会ったんですよ。あの人、わざわざ質屋で英梨ちゃんの財布を他のとすり替えて、手付金も財布も返してくれたんです。和泉さんですよね？　私があの質屋に行くと伝説の掏摸に知らせたのは？」

「財布が見つかったことは一郎から聞いた。よかったな。だが、ゲーマーじゃあるまいし、朝っぱらから、こういうところであまり伝説、伝説と連呼しない方がいいんじゃないか」

「あれ？　心配してくれてるんですか？」

「俺が悪目立ちしたくないだけだ。妄想を語るなら一人でやってくれ。俺に話しかけてくれるな」

通りすがりのサラリーマンが、ちらりとどことなく怜史に同情の目を向けた。「伝説」とか「妄想」とか断片的な言葉からだと、まるで自分が「ヤバい人」である。

が、引き下がるつもりもなかった。

「判りました。でも和泉さんが勝手にやるように私も勝手にしていいんですよね？」

イズミが言うと、怜史は仏頂面になって応えた。

「それは他人を巻き込まないのが大前提だ。俺は好き勝手に生きてるが、人に迷惑はかけてない」

「迷惑にならないように大人しくしてますから。少し離れて歩きますし、もう話しかけたりしません。――あ、ラインならＯＫですか？」

イズミが言うと、怜史は小さく溜息をついて腕時計を見やった。

「説き伏せる時間はなさそうだな」

「残念ですね」

「ああ、非常に残念だ」

それだけ言うと踵《きびす》を返して怜史は歩き出した。

いけふくろうに着くと、怜史から少し離れてイズミも待ち合わせを装う。

すぐに一人のサラリーマンが怜史に接触した。二言三言交わしてからサラリーマンは怜史から離れ、別のサラリーマンに合流して立ち話を始めた。

――もしかして警察？

待ち合わせに現れた伝説の掏摸を、その場で捕まえるつもりなのだろうか？

〈あの人たち、刑事ですか？〉

ラインでメッセージを送ると、怜史はコートのポケットからスマホを取り出して画面を一瞥した。

〈ノーコメント〉

〈伝説の掏摸を捕まえに来たんですか?〉

〈ノーコメント〉

〈和泉さん、あの掏摸のおじさんと友達じゃないんですか?〉

〈ノーコメント〉

〈予測変換で即レスしないで、ちゃんと応えてくださいよ!〉

数秒遅れて返信が届く。

〈うるさい〉

――もう!

イズミが膨れた途端、怜史が動いた。

二人組のサラリーマンが怜史を追い、イズミも慌ててその後に続く。

怜史は改札を抜けて、再び内回りの山手線に乗った。

同じ車両に乗り込みながら、イズミは土曜日に見かけた男――伝説の掏摸――がいないか辺りを見回した。

見つけたらどうしよう?

警察のことを知らせるべきか?

でも……

どこかで、あの男に捕まって欲しくないと思っている自分にイズミは戸惑った。

——と、一人の男が目に留まる。

翔太だった。

どことなく落ち着かない様子でイズミにも気付いていない。二メートルと離れていないが、八時前の山手線は殺人的な混みようだ。声をかけるのははばかられた。

目白を通り過ぎ、高田馬場に着くと、翔太も怜史も吊革から手を放した。

イズミは怜史の後ろに続いたが、翔太は一つ離れたドアから降車する。

そこへ男の声がかかった。

「署まで同行願います」

え、まさか翔太くんが痴漢——?

イズミが見やると同時に二人の男が走りだした。

二人とも学生らしきカジュアルな恰好をした若者だ。

池袋にいた刑事と思しき男の一人が後を追ったが、それより早く、逃げる二人の前に翔太が立ちはだかった。

「お前ら、いい加減にしろよ」

「なんだよ、てめぇ!」

「こういうの、同じイケメンとして恥ずかしーわ」

イケメンって——自分で言うなよ。

ツッコミつつ、イズミは他の野次馬に紛れて捕り物を見守った。

ホームにも私服刑事が二人待機していたようだ。

一対一になっては逃げられないと思ったのか、男たちはすぐに抵抗をやめた。

痴漢グループは全員で四人で、同じ大学の学生らしい。みんなそこそこ容姿も恰好も整っていて、逃げようとした二人のうち一人は翔太に負けず劣らずのイケメンだ。

四人が連行されるのを見送りながら、刑事の一人が翔太に同行を求めた。しかし怜史はここでもう御役御免《おやくごめん》らしく、軽く頷きを交わしただけである。

「あれ？　イズミさん、どうしてここに？」

ようやくイズミに気付いた翔太が訊いた。

「翔太くんこそ」

イズミが問い返すと、翔太はばつの悪い顔をして深々と頭を下げた。

「すみません！　俺、もう一つ嘘ついてました」

「え？」

「英梨ちゃんが痴漢に遭った時、犯人のこと、俺なんとなく知ってたんです。ちょっと前にOB会の帰りにここで見かけてて……顔も大体覚えてました。でも面倒臭いし、もしもウチの後輩だったらまずいと思って放っておこうと思ったんです。ただ、あの無実の人が捕まると困るから——あとまあ、この間言ったような理由もあって——それとなく英梨ちゃんを足止めしました」

「……そうだったんだ」

「でも後から知り合いにこいつらの噂を聞いて……こいつら、『サークル活動』って言いながら池袋で落ち合って、池袋と高田馬場の間を行ったり来たりしながら、こういうことしてたんですよ。ゲーム感覚で、触るだけなら一点、揉んだり撫でたりして二点、下着に触れて三点、『誰かに濡れ衣を着せる』ことができたら五点とか……細かくルール作ってあるそうです」

「サークルって」

呆れてイズミは言葉を失った。

「それ聞いたら許せなくなって。英梨ちゃんや小畑のことを考えると……あ、判ってますよ、遅過ぎだって。痴漢は犯罪なんだから、最初からこうするべきでした」

「それで警察に協力を？」

「いや、それが」と、翔太はやや目を泳がせた。「こいつら『月曜が狙い目』とか言いながら週初めによく活動してるって聞いたから、今日は出勤前に張ってたんですけど……その、通報の前に確かめるというか、一人くらいなら俺でも捕まえられるかも、なんて、ヒーローー願望的な打算もあって。でも、俺が出しゃばるまでもなかったみたいですね。なんか俺、カッコわり。英梨ちゃんには――小畑にも――内緒にしてください」

「そんなことないよ。流石イケメンって感じだった」

「やめてくださいよ、そういう嫌み」

嫌みのつもりはなかったが、真面目に困った顔した翔太が微笑ましい。

――と、横目にイズミは、新たに入線してきた電車に怜史が乗るのをとらえた。

「あ、ごめん、もう行かないと。また後で！」

後を追って閉まる前のドアに身体《からだ》を滑り込ませたイズミは、握りしめたままのスマホからメッセージを打った。

〈例の痴漢グループだったんですね！〉

少し離れたところで、面倒臭げに怜史がスマホの画面を見やる。

〈てっきり、掏摸のおじさんが捕まっちゃうのかと思いました〉

〈でも被害者の女性は？〉

〈あ、おとり捜査ってやつですか？〉

続けざまにメッセージを送ると、新大久保を過ぎた辺りでやっと返信が来た。

〈次で降りる〉

新宿で降りると、乗降客から離れて怜史が言った。

「いちいち面倒臭いな、君は」

「あ、もう話してもいいんですね。というか和泉さん、面倒臭いのはスマホでメッセージ打つ方でしょ？」

「被害者には、池袋のホームから同乗した女性刑事がついて行った筈だ。やつらが誰を狙うにしろ、被害者が高田馬場で降りないことは予想していた。やつらはそういう下調べには余念がなかったようだ。通勤か通学に急いでいる女なら都合がいいと思っていたんだろう。今回の被害者が被害届を出すかは知らないが、これまでの被害者が数人届け出ているらしいから、面通しさせれば判るだろう」

「なるほど。——でも和泉さんもいいとこあるじゃないですか。痴漢逮捕のために警察に協力するなんて」

「翔太の方がよほどいいやつだ。俺は一郎に言われて仕方なくだ」

これは冗談ではなさそうだ。

「またまた」

形ばかり持ち上げて、イズミは続けた。

「でもよかったです。捕まったのが痴漢の方で」

「伝説の掏摸には捕まって欲しくないのか？　彼も犯罪者には違いないぞ」

「そうなんですけど、あのおじさん、和泉さんから英梨ちゃんのこと聞いて、思い直してくれたんですよね？」

「それは君の想像に過ぎない」

先ほどと変わらぬ顔で否定してから怜史は続けた。

「しかし、そうだとしたらおかしな掏摸だな。すり替えるための財布を調達したり、質屋で君を張ったり、盗るより返す方がよほど手間暇がかかるというのに、随分割に合わないことをするもんだ」

「ですよね！」

勢い込んで言ってから、イズミは慌てて付け足した。

「だからといって掏摸を許す訳じゃないんですけど――だってあの人は他にも英梨ちゃんみたいな『間違い』をしてるかもしれないし、すり替えた財布だって他の誰かから盗ったものかもしれない。それに和泉さんが言うように、そもそも掏摸は犯罪です。いくら金持ちでもいけ好かなくても、人のものを勝手に奪うのは間違ってる……」

――和泉さんは犯罪者をみすみす見逃すつもりなんですか？――

痴漢のことでデザート・ムーンでは怜史をなじっておきながら、今になって掏摸をかばうのは理屈に合わないとイズミだって判っている。

「でもその……彼の信念というか、間違ったと知った時点で、割に合わなくても正そうという心意気というか、人間臭さみたいなのがどうにも憎めなくて……そこは彼なりに正義感があるというか……」

「君のような者がいるから、『伝説の掏摸』なんて都市伝説が生まれたんだろうな」

小莫迦にしたような怜史の言い方に、むっとしながらイズミは訊いた。

「どういうことですか?」

「仮に伝説の掏摸がいたとして、掏られたことも返されたことも気付かないほどの腕前なら確かに伝説級なんだろう。だが、泥棒が金持ちを狙うのは当然だ。同じ手間なら、より利益がある方がいいに決まってる」

「でも彼は、分不相応に無駄金を持っている人しか狙わない——」

「それはただの噂に過ぎないし、君が言ったような『間違い』をしょっちゅう犯しているかもしれない——いつもはそれが間違いだと知らないだけで。手間暇かけて返却したのは驚くに値するが、賞賛に値するかは微妙じゃないか? 彼は単に自ら盗んだものを返しただけだ。『伝説』で『おじさん』なら、彼はもう長いこと掏摸を続けてきたんだろう。普段悪事を働いている人間のたまに施す善行が、過剰に評価されるのはどうかと思う」

「だから掏摸を許す訳ではないと……」

「信念だの心意気だの正義感だの、耳触りのいい言葉を君は並べたが、彼の行為はただの自己満足だ。自分の勝手なこだわりを、勝手に遂行しただけだ」

——意地悪。何もそんな身も蓋もない言い方しなくてもいいのに。

自己満足、という怜史の言い分には納得できる。

「でも……」

「でも？」

「でも私、やっぱりなんか、あのおじさんには捕まって欲しくないんです。駄目ですよね、こういうの？」

「君がそう思うのなら駄目なんだろう。俺は駄目とは思わないがな」

「えっ？」

「誰にでも好き嫌いはあるものだし、好きな人や物に対しては許容範囲が広くなる。まったく同じ犯罪でも、犯した人間によって違う感情を抱くのは自然なことだ。『ただしイケメンに限る』と同じ理屈だ。仕事上なら問題かもしれないが、個人的にどう思おうと、それは個人の自由だろう」

いきなり肯定されて面食らったイズミだが、怜史のようには割り切れない。

「でも倫理的にはどうなんですか？　犯罪者を野放しにしているという――」

「気になるのなら君が告発すればいい。俺は掏摸も痴漢も賛美しないが、善人でも耐え難い者がいるように、悪人にも憎めない者がいる。君の話を聞く限り、伝説の掏摸というのは後者に思える」

「彼が義賊だからですか？」

「それはどうだろう？　俺には彼が、そんな大義を抱いて掏摸になったようには思えない。彼はそもそも伝説になる気なんぞなく、必要に迫られて、ちょっとポケットから覗いていた財布を盗ったら存外上手くいったなど、きっかけは些細《ささい》なことだったんじゃなかろうか。だが回を重ねる度に、成功を喜ぶ気持ちの裏で、罪悪感から自分の行為を正当化したくなったというのはありうるかもしれない。きっかけは単純でも物ごとを継続するにはなんらかのルールがあった方が容易だからな。心情的にも貧乏人から奪うよりも金持ちからかすめ取る方がラクだろう。そういった彼に都合のいいルールに沿った行動と、君のような人情家のおかげで彼は『伝説』となっていく訳だ」

「……和泉さん、やっぱりあのおじさんと知り合いなんでしょう？」

「その質問には既に応えた。二度も三度も同じことを訊かれるのは面白くない」

「じゃあ質問を変えます。和泉さんも本当は伝説の掏摸が好きなんでしょう？　なんだかんだ言って、和泉さんだって、彼の伝説作りに貢献してるじゃないですか」

「俺は伝説の掏摸というのは、義賊というより海賊のようなものだと思っている。俺には法を犯してまでやりたいことや手に入れたい物はないが、そうしてまで自分の生き方を貫くアウトローには稀《まれ》にロマンを感じることがある」

ロマンのかけらも感じさせない顔と口調で怜史が言った。

「またそんな文学的なことを言って、私を煙に巻こうとする」

「言いがかりだ。文学はそんなに単純なものではないし、君が勝手に煙に巻かれているだけだ」

「だって好きか嫌いか聞いてるだけなのに、アウトローだのロマンだの――」

「君の『でも』や『だって』は聞き飽きた。というか、どうでもいい。だがそうだな、最後に一つ、おそらく君にとっては重要な情報を教えてやろう」

「随分えらそうですが、聞きましょう」

「どっちがえらそうなんだか……どうやら中央線で人身事故があったようだぞ」

「それさっきアナウンスで言いましたよね？　それのどこが私にとって重要な情報なんですか？」

「俺の時計では現在八時二十七分なんだが」

「私の時計でも同じ時間ですよ？」

　印籠のようにイズミはスマホを取り出して怜史に見せた。

「君は九時出社だと言ってなかったか？　それとも今日はどこかに直行なのか？」

「そんな予定はないですが……あ！」

　ようやく怜史の言わんとしていることに気付いて、イズミは短く叫んだ。

　新宿から神田まで中央線快速なら十一、二分だけど――

「新宿から神田まで中央線快速なら十分強だ」

イズミの思考を読んだごとく怜史が言った。

「知ってますよ！」

「丸ノ内線から銀座線に乗り換えだと二十分強でぎりぎり間に合いそうだが、この状況からしてそう簡単には乗れないだろう」

「判ってますよ！」

「山手線なら約三十分。外回りの方が数分早い筈だが、発車時間によっては誤差のうちだな。なんにせよ、君の遅刻はほぼ決定だ」

「もう！　どうしてもっと早く教えてくれなかったんですか？　いえ、あれこれうだうだ話してしまったのは私の落ち度ですけど、こんな回りくどい言い方、絶対わざとでしょ？」

「ああ、もちろんわざとだ」

「はあ？　どうしてそんな――」

「俺なりのささやかな意趣返しだ。朝から調子を狂わされたからな」

小さく鼻を鳴らしてから怜史は続けた。

「――さて、俺はラッシュが終わるまでそこらのカフェで時間を潰すとするか。君はこれ以上俺にかまってないで、さっさと仕事に行ったらどうだ？」

「言われなくてもそうしますよ。失礼します！」

こ・の・や・ろ――――！

既に満員の内回りに体当たりしてイズミは身体を押し込んだ。
閉まったドアの向こうに、怜史が悠々と歩いて行くのが見える。
その背中がどこか楽しげなのは、けして錯覚ではないとイズミは思った。

上野駅事件

スマホをバッグに仕舞うと、折川イズミは山手線で上野駅へ向かった。

「翼の像」で和泉怜史と待ち合わせることになったのだ。

構内はごちゃごちゃした印象の上野駅だが、中央改札を出るとグランドコンコースという開けた空間がある。右手の「みどりの窓口」の少し先にあるのが翼の像で、待ち合わせによく使われている。

イズミが像に足を向けると、たどり着く前に横から怜史が呼んだ。

「折川さん」

「和泉さん、お待たせしました」

「そこの本屋にいたから特に待ってはいない」

怜史がアトレ内の本屋にいたことは、榊一郎からのラインで知っている。

十二月半ばの金曜日、十四時になろうかという時間だった。

次のアポまでかなり余裕のあるイズミは、休憩を兼ねて自社の新刊をデザート・ムーンまで届けようとしたのだが、榊の予定をすっかり忘れていた。榊は今日の午後から二日間、店を閉めて北海道に行くことになっていたのだ。

〈それなら怜史に渡してくれたらいいよ。今朝持ってった本はもう読み終わって、今、上野の本屋で次の本を物色中らしいから〉

ということで、急きょ怜史と上野で待ち合わせることになったのである。

「そうそう、ちょうど次に読む本を探していたそうですね」

「だから森江書房の本をもらえるなら大変ありがたい」

にこりともしないが、「大変」と付け足したのは怜史の精一杯の謝意だろう。

「どうぞ」と、むき出しの本をイズミは差し出した。

封筒も袋も「どうせ捨てるから不要」と言われるのがオチだ。出会ってから二ヶ月が経ち、怜史の扱い方に慣れてきたイズミである。

受け取った本をショルダーバッグに仕舞うと、怜史はさっさと歩き出した。

「ちょっとちょっと、もう行っちゃうんですか?」

「なんだ?　まだ何か用があるのか?」

「和泉さん、私とマスターのライン見てましたよね?　私しばらく暇なんですよ」

「俺は別に暇じゃない」

よく言うよ。

毎日、気の向くままに山手線を乗り降りしてるだけのくせに……

「何か面白い話とかないんですか？」

「俺が冗談を言ったところで、君には通じない可能性が高い」

「ジョークなんか期待してませんよ。何かこう、車内で最近、事件につながりそうなことか見聞きしてないんですか？」

「特にないな」

言いながら改札に向かった怜史に並んで、イズミも改札を抜ける。

「けち」

「ないものをないと言うのがけちなのか。営業とはいえ仮にも出版社勤めなら、もう少し言葉の使い方を学んだ方がいいぞ」

「ご心配なく。ちゃんとＴＰＯで使い分けていますから」

「大体、事件なんてそうそう転がってるもんじゃない」

「そりゃそうですけど――」

山手線へ向かった怜史を追って、イズミも同じ外回りのホームに立った。

平日昼間だが、観光地ということを鑑《かんが》みれば空いている方である。

「あ、そうだ。せっかくだから賭けでもしませんか？」

「何が、どこが、『せっかく』なんだ？」

「まあまあ、いいじゃないですか。次に来た電車に乗って、同じ車両に最後に乗って来るのは男性か女性か？　外れた方が当たった方に晩御飯をおごるってのはどうです？　デザート・ムーンが開いてないから、和泉さん、どうせ外食でしょ？　せっかくだから焼肉に行きましょうよ。お寿司でも可」

　ボーナスが出たばかりで、やや気が大きくなっていた。

「また『せっかく』か。俺は今夜は駅蕎麦で済ませるつもりなんだが」

「そんなこと言わずに！　いいですよー、焼肉。和泉さん、知ってました？　焼肉にはアナンダマイドっていう幸せ成分が入っているんです」

「それは焼肉じゃなく牛肉だ」

「でも焼肉といえば牛でしょう」

「俺はどちらかというと鶏の方が好みだがな」

「焼肉と焼き鳥は違いますよ」

「鶏も肉には違いないから、焼き鳥も焼肉の内だろう」

「そのツッコミは想定内です。私は世間一般の話をしているんです。世間的には焼肉といえば牛なんですよ。いいじゃないですか。牛肉食べて和泉さんも少しは幸せ気分を味わいましょうよ。化学成分で幸せになれるんですよ？　和泉さんそういうの好きそうじゃないですか」

「……まるで俺が普段不幸みたいじゃないか。俺は牛肉なんぞ食べなくても、毎日充分幸せだ」

「じゃあアナンダマイドで更に幸せになりましょうよ。——あ、電車来た。さ、どっちに賭けます？」

「じゃあ男」

「あ、私も男に賭けようと思ってたのに」

「だったら訊くなよ。なら俺は女でいい。上野なら確率はほぼ半々だろう」

そうぼやくと怜史は電車に乗り込んだ。

空いた端の席に怜史はさっさと腰を下ろしたが、イズミは立ったまま四つのドアへ目を光らせる。

一通り乗り降りが終わって、男、男、女、男とぱらぱら乗車してきた。発車ベルが鳴り始め、四人目の男で最後と思いきや、女が一人駆け込んで来た。

やられた……！

鮮やかなサーモンピンクのAラインのスカートがまず目についた。上着はファー付きフードの白のダウンジャケットで、足元はミディアム丈のムートンブーツと女子力の高いファッションだ。

「俺の勝ちだな」

ぼそりと怜史がつぶやいた。

くっ……

唇を噛みしめたイズミだが、悔し紛れにもう一度女を見やって首をかしげた。

パッと見のガーリーなファッションには似つかわしくない黒いニットキャップはスポーツブランドで、覗《のぞ》いているのはショートヘア。肩幅が広く、ブーツとスカートの合間のふくらはぎも太くて筋肉質だ。

女が手に持ったトートバッグを探る間にちらりと顔が見えて、イズミは今度はぎょっとした。

女のへの字に結んだ唇は真っ赤で、眉毛は太い。コスプレやドラァグクイーンほど派手ではないものの、アイシャドウもチークも濃いめ、何より気付いているのかいないのか、マスカラが流れているのがちょっとしたホラーである。

少し離れたところに座っている男が一人、やはりぎょっとした顔をしたのちに、にやにやしながら隣りの女にそれとなく伝えるのが見えた。隣りの女がホラーな女を盗み見ると、今度は二人してくすりと笑う。

この二人の他にもちらほらと女の顔に気付いた乗客がいて、失笑半分、怖さ半分といったなんとも言えない空気が車内に満ちた。

女もいたたまれないようで、バッグから取り出したティッシュで口紅を拭い、更にマスクを取り出して口元を覆った。しかし、流れたマスカラには気付いておらず、マスクを付けたことでますます怪しげな――変質者っぽい――姿になってしまった。

もしかして、あの人――

バッグからスマホを取り出してイズミは怜史にメッセージを送った。

〈賭けは取りやめましょう〉

じろりと怜史がこちらを見上げたので、イズミは続けて三通メッセージを打った。

〈だってあの人、男の人かもしれません〉

〈二丁目系というか、トランスジェンダーかも〉

〈だとすると、心は女でも身体は男のままかもしれないし、確かめようがないじゃないですか〉

そうこうするうちに、あっという間に次の御徒町駅が見えてきた。

と、女――もしくは男――が急にそわそわし始めた。

困った様子で手元を何度も確かめ、バッグやジャケットのポケットを探る。

見て見ぬ振りをすべきかしばし迷ったが、先ほどのカップルが再び薄ら笑いを浮かべたのが見えて足を踏み出した。

――確かに「変」ではあるけど、別に裸でうろついてる訳じゃないし、誰にも迷惑かけてないし、大体このご時世、コスプレイヤーだろうがドラァグクイーンだろうがサラリーマンだろうが、好きな恰好して何が悪いっていうの？

心の中ではそう主張しつつ、だが面と向かっては言えずに、代わりにイズミは女に歩み寄る。

「あの、どうかしました?」

ついでにさりげなく、マスカラのことも教えてあげよう――

「何か落としたとか?」

「あ……はい。多分……」

戸惑う声はか細く、女にしては低め、男にしては高めと中性的だ。首元はジャケットの襟で隠れているから、声を聞いても男か女か判断し難い。口紅の赤色から三十代かと思っていたが、こうして近くで見ると、おそらく二十代前半、もしかしたら十代後半ということもありえそうだ。

「スマホか財布?」

「いえ、その、ブレスレット……」

女が言葉を濁《にご》した時、電車が御徒町に到着した。

「車内には落ちてないみたいだし、一旦降りましょうよ」

イズミがうながすと、女は素直について来た。

「最後につけてたのはいつ？　どこで？」

「えっと、上野……銅像のところで待ち合わせた時はつけてました」

「翼の像ね。そこからどこへ行ったの？　当てもなく捜すよりも来た道をたどってみた方がいいよ」

「たどるも何も、そこから山手線に乗っただけです」

「あ、だったら改札とか上野のホームとか。それならまず上野に戻って、駅で訊いた方がいいかも」

「そうですね」

「よかったら、私、次のアポまでちょっと時間あるから一緒に捜そうか？」

「あ……いいんですか？」

「うん。暇潰しに山手線ぐるぐるしようかと思ってたくらいだから」

イズミが言うと、横から怜史が口を出した。

「次のアポまでせいぜい一時間ほどだろう。ぐるりはともかく、ぐるぐるは無理だと思うんだが」

「そういう細かいことはいいんですよ。っていうか、なんで和泉さんまで」

「賭けの話が終わってないからな」

「賭けの話？」と、女が問い返した。

「さっきの電車で最後に乗って来るのが男か女かを賭けていたんだ。負けた方が焼肉をおごる約束で、俺は女に賭け、この人は男に賭けた。で、乗って来たのが君だったという訳だ。俺には君は女に見えるが、この人は違うかもしれないと疑っている。君はずばり女なのか、男なのか？」

「ちょっと和泉さん！　そんなストレートに訊かなくても……あ、私、そういうつもりで声かけたんじゃないから。賭けはやめってって言ったじゃないですか。もう！　変なこと訊いてごめんね。応えなくていいから。人にはそれぞれ事情があるし――」

イズミが怜史と女を交互に見ながら言うと、女は少しためらってから応えた。

「あの……俺、男です」

「え？」

やった。

勝った！

「男です。……女の恰好してるのは、その、お、俺も賭けに負けて仕方なく」

「賭け？」

「友達との賭けに負けて、次のデートに女装して行くってことになって」

田中光《たなかひかる》、と男は名乗った。

飲食店に勤める二十二歳。違う店だが彼女も飲食店に勤めていて、今日は珍しく同じ日に休みが取れたのだという。

「昨晩は二人とも遅いシフトだったから、今日も遅めに待ち合わせだったんです。でもいつもデートは夜だけだから、彼女張り切ってたのに、俺がこんな恰好で来たから怒っちゃって……」

「そりゃ怒るわ」

「ブレスレットは彼女からのプレゼントなんです。あれまで失くしたって判ったら、もう許してもらえないかも……」

ブレスレットのことがなくても、デートに女装で現れたことだけでイズミには許し難いが、落ち込んでいる光にそれを言うほど非人情ではない。

「とりあえず、上野に行こっか。——あ、その前に」

コンパクトを取り出して見せ、驚く光の目元をパフで拭った。応急処置だが、ひとまずホラーな雰囲気は取り除くことができた。

「す、すみません。メイクとか、どうしたらいいのか全然判ってなくて」

「ううん。でも彼女さんが驚いたのは、服だけじゃなかったと思うよ……」

上野に引き返すべく、外回りの2番線ホームを降りて3・4番線ホームへ向かう。

タイミングよく内回りがやって来て、光を間に挟むようにして三人で乗り込んだ。

「なんか改札前の人混みで、手が引っかかったような気がしたんですよね。その時に落ちたんじゃないかと……」

　ブレスレットはシルバーのチェーンだという。

　上野で降りると、まずはホームから改札、翼の像への道のりをたどる。

　二回往復して空振りに終わったのちに、駅員から教えられた「お忘れ物承り所」に電話して、更に交番にも足を運んだ。

「ないですね……」

　途方に暮れたように光はつぶやいた。

「人混みで引っかかったっていうのがね。もしかしたら掏摸《すり》かも」

　そう言ってなんとなく怜史を見やったが、怜史はあさっての方を向いている。

　残念だがイズミはタイムアップだ。

「ごめん、私、そろそろ行かないと」

「気にしないでください。一緒に捜してくれてありがとうございました。俺一人だったら不審に思われて、駅でも交番でも相手にしてもらえなかったと思います」

「あはは。早くメイク落として、着替えた方がいいよ」

「そうですね」

　イズミが笑うと光も苦笑した。

「俺はもう少し付き合うよ」と、怜史。

「え、ほんとに？」

驚きがつい声に出た。

「ああ。どうせ暇な身だからな」

「それ嫌みですよね？　さっきは暇じゃないって言ったくせに」

「君のくだらん賭けにも付き合ってやったが？」

「よく言いますね。そうだ。賭けは結局、私の勝ちだったんだから、焼肉おごってくださいよ？」

「賭けは取りやめようと君が言った」

「それは、ああいった状況では勝敗がはっきりしないと思ったからです。はっきりしたんだから取りやめるのを取りやめます」

イズミが言うと、怜史は憮然とし、光はくすりとした。

「お二人、仲がいいんですね。なんか羨《うらや》ましいです」

「それ違うから」

「それは誤解だ」

同時に言うと、光はマスクの向こうで噴き出した。

十五時半のアポは銀座にあるブックカフェだった。

古本販売を兼ねているカフェだが、来年から新刊も置くことにしたらしい。オーナーは小岩井の知り合いで、森江書房の本を好むということで、小岩井が紹介してくれることになっていた。

東京メトロの銀座駅で小岩井と落ち合ってから、駅から徒歩数分のカフェへ向かった。年配——おそらく六十代——のオーナーとの商談は三十分ほどで終わったが、小岩井へのささやかな接待を兼ねて今日は直帰を許されている。

ドリンクをそれぞれ新たにオーダーして、しばらくくつろぐことにした。

店内は想像していたよりも広く、テーブルごとの照明が、仕切りのないテーブルに落ち着いたプライベートな空間を作り出している。

「家具がアンティーク調なのがいいでしょう？　銀座に合ってる気がする」

「ですね」

SATSUKIのモダンなインテリアは渋谷という場所柄に合っているのだが、銀座には小岩井の言う通りアンティークの方が合うように思う。木材を基調にしているのは同じなのだが、SATSUKIの開放的な空間よりも、この手の古めかしい空間にほっとしてしまうのは、デザート・ムーンに入り浸っているからだろうか。

やはりデザート・ムーンを思い出したのか、小岩井が言った。

「榊さん、今、北海道なんですってね」

「ええ、そうなんです」

榊とは予定を合わせて、先週SATSUKIを訪ねていた。比較的空いている月曜日の夜だったのだが、渋谷だけあってテーブルの半分以上が埋まっていて、雑貨を物色する買い物客もちらほらいた。小岩井は時折席を立ったが、イズミたちがいた約二時間、ほぼずっとイズミたちの相手をしてくれた。

榊は黒のデニムに白いシャツ、ベージュのVネックのニットに黒いダウンジャケットと、至って普通の恰好だった。しかし四十代でもまだ腹は出ていないし、髪も薄くなっていない。背は高い方ではないが、がっちりとした身体《からだ》つきとカジュアルな服装はいつも以上に頼もしい印象だった。

「でも、私すっかり忘れてて。あ、帰って来たら、ホンコンやきそばのD・Mスペシャルバージョンを食べさせてくれるそうです。小岩井さんもどうですか？」

「うん。時間が合えば是非、と返しておいたけど……」

どうやらもう既に、個人的にやり取りしているようだ。

SATSUKIでの榊は大人の対応で、小岩井への露骨な好意は示さなかったが、笑顔が普段店で見ているものとは一味違っていて、イズミを内心にやにやさせた。

驚いたのは、小岩井の方も榊をかなり気に入ったように見えたことだ。

――でも、小岩井さんにはまだ、面と向かっては訊けないな。

小岩井とは割と親しくしているとはいえ、ビジネスがメインの関係だ。イズミの過去や恋愛事情は知られていないが、小岩井のそれらをイズミはほとんど教えられていない。小岩井とは十歳年が離れているし、たまの恋愛話も学校か職場の先輩・後輩が交わすようなものので、「友達」でないからこそ話せる部分もある。

「じゃあ、小岩井さんの都合に合わせるように、マスターに言っておきますよ。ご一緒できたら楽しいと思うんで！」

「そうしてもらえたら嬉しいな。ありがとう」

はにかんだ小岩井はやはり「脈アリ」に見えたが、追及はせずにイズミは話を変えることにした。

「今日は小岩井さんと一緒にSATSUKIに戻って、ご飯を食べてから帰ろうと思ってたんですけど、急きょ焼肉になったんですよ」

「あはは、折川さん、焼肉好きなのね。すごく嬉しそう」

「え？　焼肉ってテンション上がりませんか？」

「そうね、量より質のお店なら……」

「どこかおすすめありますか？　ふふふ、おごりなので、安さ重視じゃなくていいですよ。あ、あんまり高級でも困りますけど」

家賃は安いが、服飾費や食費、趣味にはそこそこ金をかけている怜史である。金がない訳ではないだろうが、無理やり付き合わせた賭けに散財させるのは気が引ける。

「デート、という訳ではなさそうね？」

「全然違いますよ。ここに来る前、和泉さんとちょっとした賭けをしまして」

「ふぅん、和泉さんと焼肉に行くんだ？」

「あの、お察しの通り、デートでもなんでもありませんので」

念を押してからイズミは続けた。

「このアポの前に少し時間が空いてて――」

上野でのことをかいつまんで話す。

「女装した男の子かぁ。それは判定に迷うわね。最近、中性的な子、多いし」

「でもゲイとかトランスジェンダーじゃなくて、普通の男の子だった訳ですから、私の勝ちです」

「普通の男の子は、女装してデートに行ったりしないけどね。いくら賭けに負けたからって……その子、もしかして友達に見張られてたの？」

「え？　あ、どうでしょう？　そんな風には見えなかったですけど」

「じゃあよほど真面目な子なのかな？　だって見張られてないなら、嘘をつけば済むことでしょ？　それこそ彼女に協力してもらって、家で女装して証拠写真撮るだけにしとけばよかったのに。わざわざしっかり女装して、彼女にサプライズでデートに行くなんて変よ。そんなサプライズは彼女もごめんに決まってるじゃない」

「言われてみれば……」

おちゃらけたタイプなら「ノリ」ということもあるだろうが、光はノリで女装するような性格には見えなかった。どちらかというと「真面目《まじめ》」に見えたが、そういうタイプがあんなくだらない賭けにのるものだろうか？

「イジメだったのかな……」

「だとしたら尚更《なおさら》、彼女には見せたくない姿じゃないかなぁ……」

カフェのウェイトレスが水差しを持ってやって来た。

ショートヘアとセルフレームのメガネがマニッシュで、スレンダーというほど細くない。後ろ姿だけだと男のようだが、薄化粧をしているし、小さくてもエプロン越しに胸の隆起があるから、前から見れば見間違えることはまずないだろう。

小岩井が言ったように近頃は中性的な男が多いし、光だって女と思うと骨格がいいが男となるとそうでもない。眉毛は太いが目鼻立ちのはっきりしている小顔だから、工夫次第では光もかなり女らしくなれそうである。

スカートを替えて、メイクをもっとナチュラルにすれば――

アイデアが次々浮かんできて、先ほどの光の姿をイズミは思い浮かべた。

つい苦笑を漏らした途端、イズミは「あっ」と思わず声を上げた。

「折川さん、大丈夫？」

「やっぱりあの子、女の子だったのかも」


カフェを出てメッセージを送ってみると、なんと怜史はまだ光と一緒で、御徒町のファストファッションの店にいるという。

銀座で少し買い物をしていくという小岩井とはカフェの前で別れて、イズミは内回りの山手線に乗って御徒町に向かった。

言われた店に行くと、光は試着中だった。

「和泉さん、私、思ったんですけど、やっぱり光くんて」

「しっ」

小声でイズミを止めてから、怜史はさりげなくイズミを売り場の端にうながした。

「なんなんですか？」

声を低めてイズミが問うと、怜史が一歩踏み込んできて身をかがめた。

縮んだ距離にどきっとしたのも一瞬だ。

「つけられてるんだ」

「えっ？」

「焦げ茶色のコートを着た――」

「あ、あの人ですね」

怜史の五メートルほど後ろを、ダークブラウンのハーフコートを着た女がちらりとこちらを見やって通り過ぎて行った。

やっぱり見張られてたんだ――

「そうじゃないかと思ったんです」

「え？」と、今度は怜史が問い返した。

「小岩井さんと話してたんですよ。もしかしたら光くん、友達に見張られてたんじゃないかって。だっていくら賭けに負けたからって、莫迦《ばか》正直に女装することないですもんね」

小岩井と話したことをイズミはざっくり怜史に伝えた。言いだしっぺは小岩井だが、そこはわざわざ告げなくてもいいだろう。

「和泉さん、いつあの人の尾行に気付いたんですか？」

「君が光と御徒町で降りた辺りだ」

「そんなにすぐに？」

「あの女は上野で発車寸前なのに光の後から乗り込まず、通り過ぎて隣りの車両に飛び込んだんだ。御徒町で光が君と降りるのを見て、向こうも慌てて降りていた」

相変わらずの怜史の観察眼には驚かされたが、賞賛するのは癪《しゃく》である。

イズミはさっさと核心へと話を変えた。

「ところで光くん——ううん、光さん——女性ですよね？」

「……気付いていたのか」

「もちろんです」

言い切ってから、慌てて付け足す。

「気付いたのはさっきなんですけどね。小岩井さんと話してて、ふと思ったんですよ。あのブーツは自前なんじゃないかな、って。ちゃんとフィットしてたし、ほぼ新品みたいだったし……服なら簡単に借りられるけど靴は難しいでしょ？　一回きりの仮装のために、わざわざブーツ買ったりしませんよね。あのブーツ、割といい値段するんですよ。女装用なら他に安い靴、いくらでもありますから」

「なるほど。よく見ていたな」

そっけない言い方だったが、認められた気がしてイズミは心もち胸を張った。

「私こう見えて、結構、観察力あるんですよ。人を見る目というか……日々、仕事で鍛えられていますからね。光さんは女性にしては声が低いし、あんなシチュエーションだったから騙《だま》されちゃいましたけど、違和感っていうんですか？　そういうの感じていたんです。賭けというのも男というのも嘘でしょう。光という名前も偽名かも」

「俺ももう少しで騙されるところだった」と、怜史も頷いた。「だが、何故光は嘘をついたんだ？　どうして光が自分を『男』だと言ったのか、君に判るか？」

微かににやりとしたところを見ると、怜史は既に答えを知っているようだ。

「う、それは……」

光は自らを「男」だと言い、女装してデートに現れたことで「彼女」を怒らせてしまったとイズミたちに打ち明けている。

「彼女」がいて、自分を「男」だという女。

――そんなの、あれしかないじゃん。

思いついてイズミは切り出した。

「賭けのことは嘘でも、『男』だと言ったのはある意味本当なのかもしれません」

「というと？」

「その……ラインでも言いましたが、いわゆるゲイ――」

怜史が軽く目を見張ったことで、イズミは確信した。

「光さんは、ゲイはゲイでも男同士じゃなくて、女同士、つまりレズビアン……の男役なんじゃないですか？」

他の客には聞かれていないだろうが、ゲイだのレズビアンだのいう言葉に抵抗があるのか、怜史は口元に手をやり――小さく咳払いしてから言った。

「――面白い推理だな」

「面白い、なんて失礼ですよ。私、聞いたことあります。ダイクっていうんですよ」

「ほう」

「のこぎりや金槌《かなづち》を持っている方じゃないですよ。男装のレズビアンのことです」

イズミが付け足すと、怜史は再び口元に手をやった。

「なんですか？」

「いや……君は意外に物知りだな」

「意外って――いや、そこはもういいです。とにかく、一体、今どういう状況なのか教えてくださいよ。あの女性は光さんがちゃんとあの恰好でデートに行くかどうか、見張ってたんですよね？　光さん、イジメられてるんですか？」

「イジメ？」

「あ、違いますね。あれですね」

「何が違ってて、何が『あれ』なんだ？」

「イジメじゃなくてあれですよ。痴情《ちじよう》のもつれ。刑事用語でいうと」

「痴情のもつれって、刑事用語だったのか」

「違うんですか？　刑事ドラマに――小説にも――よく出てくるじゃないですか。もう！

せっかくひらめいたのに、余計なこと言わないでください」

「話の腰を折ってすまなかった」

　驚くほど素直に怜史は謝った。

「そして痴情のもつれという君の推理は当たっている」

「でしょ？」

「光をつけている女は――」

「あの女性は光さんの知り合いか友達だけど、彼女さんと別れさせようとしている」

「……よく判ったな」

「あの女性は、光さんの彼女さんが好きなんですね？」

「どうしてそう思う？」

「好きな人を公衆の面前で辱《はずかし》めたい人なんて、そういませんよ。光さんが好きなら、あんな恰好してる時点で止めますって。友達の彼女や彼氏を好きになる。友達を上手く言い包《くる》めて、恥をかかせて、本命に振られるようにする。これって、友達を装った敵――いわゆるフレネミーの常とう手段、王道ですよ」

「王道だな」

「ま、そういうのって、結局本命にばれちゃって、上手くいかないもんですけどね」

「そこまで判ってるなら、君も協力してくれないか？」

「協力？」

「賭けの話はとっさの嘘だ。男性的であるよりも、光には女性として自然体でいて欲しいと光の恋人——ヒロというそうだ——がこぼしていると、尾行している女——真央《まお》という名前なんだが——が光に教えたそうだ。だから光は今日は慣れない女の恰好でデートに挑んだ訳だが、あの通りでヒロに呆れられてしまった」

「そりゃ、あれじゃ……」

「こっちが尾行に気付いていることを真央はまだ気付いていない。光はもともと真央の友情には懐疑的で、尾行を知って真央がフレネミーだったと確信した。ヒロと真央は同じレストラン勤務の料理人で、光は別のレストラン勤めだがやはり料理人だ。ヒロとは料理人同士の交流サイトで出会って、真央とはヒロを通じて知り合ったそうだ。真央が現れたのは偶然とは思えないから、デートの首尾をわざわざ確かめに来たんだろう。尾行しているのは偶然を装って光を慰めようと思っているのか、光のへんてこな姿を隠し撮りしようとでもしてるのか」

　フレネミーなら「可愛い」などと偽りの褒め言葉を並べて、SNSでひどい写真をさらすこともありえる。

「君が光に声をかけたのは真央には予想外だったろう。ヒロからはまだ何も連絡がないし、光も自ら連絡するのを迷っている。が、とりあえずあの目立つスカートを替えたいそうだ。工夫次第で光もかなり女らしくなれると思うんだが、俺よりも君の方がアドバイザーとしてよさそうだ。服はまだしも、化粧なんかは俺はさっぱり判らないしな。——あ、光、こっちだ。折川さんも協力してくれるそうだ」

諸事情を訊き出した上に、呼び捨てにするほどこの短時間で親しくなったのかとイズミは軽く驚いた。

試着室の前に戻ると、光は怜史が見立てたという黒いコーデュロイのロングスカートを着ていた。

「……あのですね、ジャケットが白、ブーツが茶色ですよ？　白、黒、茶色って、和泉さんじゃあるまいし」

「駄目か？　黒なら目立たないし、足が寒いというから、この長いのはどうかと思ったんだが」

「駄目です。却下。チェンジ」

フロアを一周してイズミが勧めたのは、膝より少し短いデニムのスカートと厚手の黒いタイツだ。

支払いを済ませると、早速同じビルのトイレで着替えてもらう。

「間に紺が入っただけだが……なかなかいいな」

「でしょ？　ミニじゃなくても、膝が出てた方が足が長く細く見えるし、フェミニンなんですよ。どう、光さん？」

「いい……と思います。タイツ履いてるとなんか安心するし」

「だよね。パンツに慣れてると、生足って不安なんだよね。ストッキングはいつ破れるか不安だし」

「ええ」

「デニムなら静電気も気にしなくていいしね。じゃあ次はメイクだね。ぱぱっと買ってくるから、二人でちょっと時間潰してて」

「あの、私、あんまりお金なくて……」

「大丈夫、大丈夫。困った時の百均だよ。千円もかかんないと思うから、私にカンパさせてよ」

「いえ、それは悪いので後で払います」

「じゃ、俺たちは適当に上野の方へ戻るから、買い物が終わったら合流してくれ」

遠慮する光をうながして、怜史はさっさと歩いて行く。

近くの百均を検索しつつ店を出て――イズミはふと振り返った。

並んで歩く怜史と光の後を、ダークブラウンのコートを着た真央が追って行く。

一瞬、苛立ちがその背に揺らいで見えた気がした。

実に恐ろしきは女の執念――

身震いしてからイズミは思った。

——あ、今のはかなり出版社勤めっぽかったかも。

メイク落とし、洗顔フォーム、毛抜き、眉用はさみ、ファンデーション、色付きリップグロス、コーム、ヘアワックス、ヘアピンと九品買って千円でおつりがきた。

「他の物は私のを使うとして、まずはそのメイクを落とそうか？」

上野駅から近いデパートのトイレでイズミは言った。

「すみません……」

恐縮しながら光がニットキャップを取る。

メイク落としと洗顔フォームを使って丁寧にメイクを落とした。すっぴんの光は眉毛こそ凛々しいものの、メイクをしていた時よりも「女性」に見える。

女性なんだからあたり前なんだけど……

「眉毛、整えよう。それだけで結構印象変わるから」

眉用はさみと毛抜きを使って、眉毛を若干細くして形を整える。

「ほんとだ。なんかちょっと、女っぽい」と、光がはにかんだ。

今日だけだからと、手持ちのハンドクリームを化粧水と乳液の代わりに使い、ファンデーションを薄目に塗る。

「光さんのファンデーションは濃過ぎだよ。手だってそんなに焼けてないじゃん」

「最近はそうかも。仕事忙しくてあんまり外に出てないし。でも高校まで部活で黒かったから、自分の中ではいつまでも地黒な気がしてるんです」

「部活、何やってたの?」

「陸上です。幅跳びとハイジャン」

「え、カッコいい!」

「そんなことないです。大会とか全然駄目で、参加するだけ、みたいな」

「でも今でも鍛えられてる感じするよね」

「一応練習は毎日真面目に出てたし、今も結構体力勝負な仕事なんで筋肉は維持できてる方かな……上に兄が二人いてどっちも体育会系で、名前も光って男っぽいし。だから昔からおしゃれと無縁なんです。仕事はキッチンなんでメイクは基本しないし、女の子らしい服とかメイクとかよく判ってなくて。恥ずかしいから化粧品もその、真央に言われたままのをネットで買ったんです」

「物は悪くないんだろうけど、マスカラはもっと慣れてからの方がいいかも。ビューラーで上げるだけでも違うから」

　アイブロウで自然な感じに眉を描き足して、アイシャドウもマスカラもせずに、ほんのりチークを頬に引いた。

「私がやったのと全然違う。このアイブロウとチーク、写真撮っていいですか？　今度同じの買います」

「どうぞ、どうぞ。ドラッグストアのプチプラコスメだから、お財布にも優しいよ。デパコスは私にもハードル高くてね。ドラッグストアでも肌質や色合わせの相談にのってもらえるよ」

「そうなんですね。今度勇気を出して訊いてみます」

「あのスカートもネットで買ったの？」

「はい。これもその……真央のおすすめで。こういう一日で女らしい方がいいって言われて……ヒロもそういう方がいいのかなって思って。でも私には似合ってないですよね。自分でも判ってるんですけど」

「そうでもないよ。こうやって普通にメイクすれば光さん、ちゃんと女に見えるし、あのスカートなら、今じゃなくて、春先にカーディガンとちょっとヒールのあるパンプスに合わせたらいけるんじゃないかな」

——普段、男っぽくしようとしてる人に、「女に見える」とか言っても嬉しくないかもだけど。

　だが頷く光は嬉しげだった。

　色付きリップグロスで唇を仕上げると、ますますガーリーな顔になる。

キャップでへたったショートヘアをコームでほぐし、ワックスで整えてから、アクアブルーのきらきらビーズがついたヘアピンを挿した。

「なんか、自分じゃないみたい。すごい」

「うん。百均だけど侮《あなど》れないでしょ？」

「違います。すごいって言ったのは折川さんのことですよ」

笑い出した光は、年相応の普通の女子だ。

——この子、本当にレズビアンなのかな？

鏡を見ながら照れる光は、「女」な自分を心から喜んでいるように見える。

二十二歳だから成人には違いないのだが、自分の大学時代を考えるとそう「大人」とは思えない。同性と付き合っているとはいっても、セクシャリティはまだはっきり確立していないのではないだろうか。

「私のテクなんか大したことないよ。メイクの世界は奥が深いからね。テク次第でほんと別人になれちゃうもん。私は基本面倒臭がりだから、適当なところで妥協しちゃってるけどね」

「そうじゃなくてですね。あんなホラーな私に声かけてくれて、ブレスレットも一緒に捜してくれて——他人の私なんかのために、いろいろ協力してくれるのがすごいなぁって思うんです」

「いやいや、もとはほんとに暇潰しだったし、こういうのもリアル着せ替え人形みたいで楽しいよ。何より、好きな人のお願いならできるだけ叶えてあげたいって思う気持ち判るし——というか、今、彼氏いないから余計に応援したくなっちゃったのかな」

「え、和泉さんが彼氏じゃないんですか？」

「まさか」

「あ、付き合うちょっと手前みたいな？　お二人とも仕事の合間を縫って会うなんて、絶賛恋愛中なんだなって思いましたけど。一緒に焼肉行くんですよね？」

「肉食系恋愛と焼肉はまったく別物だから。和泉さんはただの知り合い」

——大体あの人、仕事してないし。

「そうなんですか……お二人、お似合いなのに」

「え？　なんで？」

地味にショックを受けてイズミは訊いた。

「だって和泉さんも、私のことは単なる暇潰しだから気にするなって。最初は面倒臭いと思ったけれど、こういうの結構面白いって」

「うう」

「あと、好きな人からのお願いとは違うのかもしれませんけど、和泉さんが折川さんの気持ちを考えて行動していることは確かです」

「どういうこと？」

「折川さんは、ええと、思い込みで突っ走るところがあるけど、真面目で、思いやりがあって……あと、意外に変な解決力というか運があるから、しばらく折川さんの言う通りにしてくれって言われました。きっと悪いようにはならないからって」

「ううーん」

「こうして聞くと微妙な褒め方ですけど、照れてるんじゃないでしょうか？　和泉さんは折川さんが好きなんだなって、私は思いましたけど……」

「ううーん……」

　唸って見せたものの、たとえ恋愛感情でなくても、好意を持たれていると思うと嬉しいものである。

「それよりこれからどうしようか？　お腹空かない？　どうせなら一緒に焼肉食べに行かない？　あ、まずは写真撮ってヒロさんに送ってみる？　ＳＮＳにアップして、真央さんに見せつけてやってもいいかもね。そしたら諦めて帰るかも」

　怜史からのメッセージによると、真央は買い物するふりをしながらイズミたちのいるトイレを見張っているらしい。

「あまり刺激しない方がいいって、和泉さんが言ってました。写真はいいです。ヒロには後で一応連絡してみますけど、今日会うのはもう諦めます。ブレスレットのこともありますし……」

イズミが先にトイレを出ると、少し離れたところにいた真央がさっと隠れた。

別の売り場から戻って来た怜史が、光を見て目を見張る。

「見違えたでしょう?」

自慢げにイズミが言うと、怜史はなんと微笑んだ。

「さっきよりずっといい」

こんなにはっきりとした笑顔を見るのは初めてで、イズミは一瞬唖然《あぜん》とした。

「このまま帰すのはもったいないな。せっかくだから何か食べて行かないか?」

何が「せっかく」なんだよ——

「そうだ。その前に、光が失くしたブレスレット、このデパートにも置いてるらしい。ちょっと見て行くか?」

「あ、そうなんですか。見て行こうかな……」

「そうしよう。じゃあ、折川さんはここで」

「え?」

「焼肉の件は後で連絡するから。いいだろう?」

なんなんですか、この押しの強さは?

驚くと同時にイズミはややがっかりした。

……和泉さんも所詮《しょせん》男ということか。

今の光はどこから見ても女性、しかも二十代前半である。

若さだけが選択基準ではないと判っている。だが、つい二年前の失恋――自分より五歳若い女に乗り換えられた――が思い出されて、苦いものが胸に満ちた。

「じゃあ……」

と、言葉を濁して二人と別れてからすぐ、怜史からメッセージが来た。

〈俺たちの後をつけて、真央の様子を知らせてくれないか?〉

じっと画面を見つめる間に、もう一つメッセージが届く。

〈そろそろ動きがあると思う。焼肉はその後だ〉

そうそう、そうだよ。

焼肉だよ!

〈了解です〉

短く返信して、イズミは二人の後――をつける真央の後――を追い始めた。

一階のアクセサリーコーナーを覗《のぞ》き込む怜史と光は、カップルにしか見えない。

イズミが光の年頃だった時は、四十代の男なぞオヤジにしか見えなかったものだが、三十代の今は守備範囲の内だ。少数派だろうが、二十代でも「落ち着いている」「甘えられる」などという理由からずっと年上を好む者はいる。

こうして離れたところから見てみると、怜史はまさに「落ち着いた大人の男性」だ。四十代にしては身長もあるし、中年太りでもなく細身でもない身体つきが、マニッシュな光とも釣り合っている。

変装というほどではないが、真央に見つからないよう、イズミはコートを脱いで、シュシュでくくっていた髪を下した。それからコートを脇に抱え、外していたマフラーを首元に巻いてみる。

クリスマス前だからか、アクセサリーコーナーには思ったより客がいて、カップルではない客も男女共にちらほらいる。

真央は怜史たちの背後を上手く回りつつ、二人の様子を窺《うかが》っていた。まさか既に尾行に気付かれ、逆に自分が尾行されているとは思ってもいないに違いない。

怜史たちを追うのに夢中の真央の視界に入らないよう、イズミもアクセサリーを物色しているふりをする。

「え、四万円？」

驚いた光の声が聞こえた。

「こちらはホワイトゴールドですので……」

「あの、シルバーでいいんですけど」

「申し訳ございませんが、このモデルにシルバーはございません。十八金のイエローかローズ、またはホワイトゴールドになります」

どうやら失くしたブレスレットは、光が——イズミたちも——思っていたより、ずっと高価だったようだ。

うつむいた光の肩に怜史がそっと触れた。

びっくり顔で見上げた光を、当然のように見つめ返して怜史は言った。

「そんなに気に入ってたんなら、俺が買ってやるよ」

イズミの方もびっくりだ。

——ちょ、ちょっと調子に乗り過ぎじゃ？

思わず声に出そうになって、口元を慌ててマフラーで隠す。

「いえ、それは悪いので……」

「気にしなくていいよ。クリスマスも近いし——あ、でもクリスマスプレゼントならサプライズがいいか？」

「あの」

「ああ、でもせっかくだから他のやつも見てみようか」

そう言うと、怜史は光の手を取って別のショーケースに移動した。

光は一瞬困惑顔になったが、怜史が何やら囁《ささや》くと、恥ずかしげに頷いて手を振りほどくことなく怜史について行く。

——驚愕《きょうがく》。

なんだ、和泉さん。普通じゃん。

普通どころか、ちょっとした性格イケメンじゃん。

というか、あれ、演技じゃないんじゃん……？

ショーケースを指差す怜史は優しげで、若い「彼女」を上手くエスコートしている。

自分に対する怜史のこれまでのそっけない態度を思い出して、イズミは小さく鼻を鳴らした。聞いた経歴や普段の交友関係からも、とてもこのように女慣れしているようには思えなかったのだ。

もやもやしながら、イズミが手にしたアクセサリーをいじっていると、スマホの振動が伝わった。

〈どうだ？　何か動きがあるか？〉

ちらりと真央を盗み見たが、特に何をするでもない。

和泉さんは、真央さんが何をすると思ってるんだろう？

〈動きってなんですか？〉

怜史がスマホの画面を見た。

面倒臭げにメッセージを打つこと数秒、返ってきた返信は一言。

〈アクション〉

——そうじゃなくて。

内心溜息をついた時、イズミは一人の男に気付いた。


黒いダウンにネイビーのニット帽を被った男で、下はブルーのデニムにカーキのブーツを履いている。

似たような恰好の男はいくらでもいるのだが、先ほどのフロアでも見かけた気がしてイズミはついじっと見つめてしまった。

と、男はイズミの視線に気付き、さっと目をそらした。

怪しい。

——いや、この場合、怪しいのは私の方か。

がっちりとした身体つきだが、幼さの残る顔だちからして、男はおそらく二十代前半。光や真央と同じくらいの年頃だろう。彼女へのプレゼントを物色してるとすれば、同じデパート内で見かけていても不思議はない。

別に私、あなたに興味はありません——

誤解されては困ると、イズミはわざとそっぽを向いてスマホに触れた。

〈特に動きはありません〉

〈そろそろ店を出る。西郷隆盛像まで歩く予定〉

「西郷隆盛銅像」は上野公園にあってデパートからそう遠くない。

蛇足だが像が連れている犬の名は「ツン」で「ハチ公」ではないということを、イズミは社会人になってから知った。

返信が届いてすぐに、怜史たちはアクセサリーコーナーを離れた。

少し距離をおいて真央が後を追うのを確かめてから、イズミも真央の後ろに続く。

目的地が判っているから気楽なものだ。

怜史は大通りを行かずに、アメ横を抜ける形で上野公園前の交差点を渡った。交番の横を歩いて階段まで来ると、光に手を差し伸べる。

遠目にも、光がためらうことなくその手を取ったのが判った。

――光さんも、全然普通の女の子じゃん。

やや呆気にとられたイズミの目に、真央がスマホを取り出すのが見えた。

傍目には充分カップルに見える怜史と光だ。

手をつないでいる写真をヒロ――光の彼女――にでも送りつけられたら、ヒロの怒りは増すだけではないか？

足を速めたイズミの後ろで、小さな舌打ちが聞こえた。

振り返ると、先ほどの黒ダウンにニット帽の男がぎょっとした。

「あなた、さっきの！　なんなんですか？　あ、もしかして真央さんに片想い？」

「なんで俺が米田《よねだ》に――あなたこそなんなんですか？　あなた、あの人の彼女じゃないんですか？　だから後をつけてんでしょう？　あの人、あなたを呼び出して、利用するだけしてほっぽりだして――こんな扱いされて悔しくないんですか？」

「あの人ってもしかして和泉さん？　だったら私、別に彼女じゃないんで」

応えながらイズミは頭をフル回転させた。

真央の名字は米田らしいが、男に真央への好意はないようだ。

利用するだけして、というのは服選びやメイクのことか。

とすると随分前からつけられていたことになる。

この男は一体誰なのか？

苛立った声で男は再び訊いた。

「じゃあ、あの人一体誰なんですか？　なんであなたもあの人も、光に付きまとってんですか？」

「光さん？　え、あなた光さんが好きなの？」

――ということは、ええと。

光さんは同性のヒロさんとカップルで、真央さんはヒロさんに片想い。で、この人は光さんに片想いということに。

「ややこしいな」と、ついつぶやいていた。

「ややこしいんですよ。大体、どうして米田まで――」

「米田って真央さんだよね？　二人の後をつけてるあの女の人？」

「そうですよ」

矢継ぎ早にやり取りする間に、真央は階段を上り切って見えなくなった。

「とりあえず、私たちも後を追おうよ」

「――ですね」

ふてくされた声だが、最低限の礼儀はわきまえているようだ。

二人並ぶようにして階段を上がると、右手の西郷隆盛銅像の方へ歩いて行く怜史たちが先に目に入った。

手はしっかりとつないだままである。

「あの野郎――くそっ、どういうつもりなんだよ、光……」

駆け出そうとした男をイズミが止める前に、回り込んで来た真央が立ちはだかった。

「ヒロくん、これってどういうこと？」

「そんなの俺が訊きたいよ。お前、なんでこんなことしてんの？　今日は新しくできた彼氏とデートって言ってなかった？」

「彼氏なんて嘘に決まってんじゃん！」

そうだよね。

あなたが好きなのは光さんの「彼女」なんだし……

「え？　ちょっと待って！　今『ヒロくん』って言った？」

イズミがひらめいたところへ、「ヒロくん！」と光の声がした。


慣れないスカートで転びそうになった光を、怜史がとっさに抱き止める。

「放せよ！　いい加減にしろよ！　なんなんだよ！」

真央を押しのけるようにしてヒロが光に駆け寄った。

「やっと出て来たか」と、つぶやいたのは怜史だ。

「光、お前、何やってんだよ！　ちょっと親切にされたくらいで、もうこいつに乗り換えかよ？」

「ヒロくんこそ何してんの？　どうして真央と一緒なの？　もしかして初めから二人して私を笑い者にしようとしてたの？」

「そんな訳ねぇだろ！　米田のことは、お前が上野に戻って来てから気付いて――」

「……じゃあ、ヒロくんもずっと私のことつけてたの？」

「それはだって、気になって……お前がこの二人と何か怪しいことしてるから……」

「怪しいって何よ。この人たちは落し物を捜すのに協力してくれただけだよ。気になったんなら、一言声かけてくれたらよかったんだよ」

「それはお前も一緒だろ。一人で勝手にキレて、勝手に逃げ出して――」

「だってあんな風に言われたら、私だって傷つくよ」

「いや、でもさ……」

「あのー」

我慢できなくなってイズミは二人の会話に割って入った。

「光さん、もしかして翼の像で待ち合わせたのって、この人なんですか？」

「……はい」

「この人がヒロさん？」

「……はい」

「ヒロさん……あなた、普通に男の子に見えるけど、実は違うんですか？」

「は？　それってどういう意味ですか？」

応えるヒロの声は声変わり済みの男性のものに違いなく、マフラーをしていない首元には立派な喉仏が見える。

男性が女性になる手術があるくらいなんだから、逆もあるんだろうけど、でも光さんの方が男役だって――

「そう考え込むな。こいつはれっきとした男だぞ」

呆れ声で言った怜史の横で、光が頭を下げる。

「ごめんなさい、折川さん」

「え？　ということは――」

ヒロの名前は相沢弘樹《あいざわひろき》。怜史が言ったようにれっきとした男性で光の「彼氏」。

米田真央は見た目通りの女性で、弘樹に恋するストレート。

本日、デートの待ち合わせで、光の恰好とメイクに驚いた弘樹が、顔をしかめつつ開口一番つぶやいた台詞が「なんだそれ」だった。

――や、やっぱり変？――

――変っていうか……うん、変だよ。鏡見てみた？　一体どうしちゃったんだよ？――

緊張の頂点にあった光は、そう聞いただけでいたたまれなくなり、「もういい」と言い捨てて逃げ出した。

「……まあ、あのマスカラだったしな」と、怜史が同情の目を弘樹に向けた。

「そう！　そうなんですよ！」

「でも、彼氏に出会いがしらに駄目出しされたら傷つくよ」

光をフォローするべくイズミは言った。

「落ちないようにマスカラ塗るのってテクがいるんだから。光さんはメイクに慣れてないから、途中でファンデが混じったりしちゃったんだと思う。マスカラって汗や涙じゃなくて油分で落ちるから——」

「いや、でもそういうの、俺、知らないし……どうリアクションしたらいいのか判らなくて……それでつい」

光が目を落としたのを見て、弘樹は慌てて付け足した。

「で、でも、すぐにまずいと思って後を追ったんですよ。なのに光は一人でずんずん行っちゃって……大声出すのはこっちも恥ずかしいし、なんでこんなことすんだよって、ムカついてたし……で、ちょっと落ち着いてからラインしようと思ってカフェにいたら、光がお二人と一緒に戻って来たんです。行ったり来たりしてるから、ブレスを捜してるんだなって判ったんですけど、出て行こうとしたら米田に気付いて。今日はデートだって言ってたのにおかしいと思って、様子を見ることにしたんです」

「私は光が心配で」と、すかさず真央が言った。「ヒロくんとはなんか喧嘩しちゃったみたいだし、どういうことか訊こうかと思ってたら、あなたたちが光に近付いて来て。なん

か怪しい宗教とかキャッチとか、光が騙されちゃうんじゃないかって、心配になってつい
て行こうと――」
「そんな嘘、今更誰も信じねぇよ」
光が一人になったら、真央に構わず声をかけるつもりだったと、弘樹は言った。だがイ
ズミがいなくなっても怜史が光の傍に残った。話しながら歩いて行く二人を真央が追い、
その後を弘樹が尾行した。
やがてイズミが合流した訳だが――
「和泉さんは真央さんだけじゃなくて、ヒロさ――ヒロくんも尾行してたことに気付いて
たんですよね？」
怜史を軽く睨んでイズミは訊いた。
「ああ。君が合流した時には既に気付いていた」
「なんで教えてくれなかったんですか？」
「言おうとしたんだが、君がどんどん勝手に想像を膨らませるから、つい聞き入ってしま
った。それに『余計なこと言わないでください』と君が言った」
「う……」
「また大筋では君の推理は間違っていないと思ったから、些末《さまつ》な誤解を解く必要はないと
思った」

「嘘。絶対面白がってたでしょ？」

「……否定はしない」

悪びれずに怜史は応えた。

今になってイズミにも判った。

イズミが「レズビアン」だの「男役」だの憶測で話す間、怜史が咳払いや口元に手をやったのは、笑いをこらえるためだったのだ。

思わずイズミが拳を握りしめた矢先に、光が言った。

「……真央はヒロくんのことが好きなんじゃないかと、なんとなく思ってた」

真央の顔が歪んだ。

「そうだよ。私の方が先に出会って、ずっと好きで――今も好きなのに、ネットで出会った――しかも光みたいな女に……どうしてよ！」

「どうしてって、俺、米田とは付き合えないって、もう随分前に言ったよな？　お前だって、別に俺のこと同僚の一人としか思ってないって言ったじゃん。それに近頃は新しい彼氏ができたって喜んでて――」

「だからそんなの嘘だって！」

「無茶苦茶だな。いい加減にしてくれよ」

これは女のイズミでも同意である。

「米田の気持ちに応えられなかったのは悪かったよ。でもこういうやり方は違うと思う」

「じゃあどうしたらよかったの？　そっちから誘ってきたくせに！　その気にさせたのはヒロくんの方じゃない！」

「誘ったって――仕事明けにちょっと飲みに行っただけだろ。それっぽいことは全然言ってねぇし、してねぇし」

ああ、でもね、ヒロくん――と、同情混じりにイズミは心の中で語りかけた。

二人きりというだけで「デート」だと思ったり、それっぽいことがないのを「私、大事にされてるんだ」って勘違いしちゃう女子、結構いるんですよ……

だからといって真央に同情する気にはなれないイズミである。

こういう女の次の手は――

「ひどい……」

目尻に手をやって真央が涙ぐんだ。

――そうくると思った。

「だったらなんで何回も誘ったの？　結構おごってくれたし……」

「何回もって、せいぜい五、六回じゃねぇの？　別に誘ってもおかしくないだろ？　同じ職場で同じ上がり時間なんだし。おごりが多かったのは、俺の方が断然飲み食いしてたし、いっこだけど俺の方が年上で先輩だからだよ」

ああ、でもヒロくん。初めはちょっと付き合ってもいいかなって思ったんじゃないの？　でも何回か二人きりで会ってみて、やっぱり違うと思ったとか？

「なんで光なの？　付き合い始めてからだって、ヒロくん愚痴《ぐち》ばっかりじゃん。もうちょっと女らしい方がよかったかな、とか、お互い似たような恰好だから男同士みたいで微妙なんだよな、とか、ヒロくんが言ったくせに。だったら私にしとけばよかったじゃない！」

――それは真央さん、あなたの前であからさまにのろけるのはコワいもん。確かに似たような恰好だったら男同士に見えるかもだけど、そこはヒロくん、あんまり気にしてなかったと思うよ。ただ、たまに少しだけ女っぽくしてくれたら嬉しいなっていう、男のささやかな願望だったんだよ……

「いやそれはちょっと……」

「ちょっと何よ？　はっきり言ってよ。どうして私じゃ駄目だったの？」

言いながら真央はハンドタオルを取り出して目尻にあてた。

何を言っても逆効果だと思ったのだろう。弘樹は開きかけた口をつぐんで次の言葉を迷っている。

ただでさえ冷えた冬の空気に重苦しい沈黙が漂った。

と、おもむろに怜史が口を開いた。

「面倒臭いな」

「和泉さん」

あなたが出てくるとまたややこしいことに——

「人が人を選ぶ理由なんていくらでもある。本能、容姿、性格、仕事、収入、学歴、家柄、過去、夢——パートナーならセックスの相性も理由になるだろう。好みなんて人それぞれだ。人が人を選ぶ理由……もしくは選ばない理由なんか挙げようと思えばいくらでも挙げられるし、なんならでっち上げることもできる。察するにヒロくんは光さんのような女の方が好みで、君は光さんとはかなり違うタイプだから、試しに付き合ってみるということにさえ至らなかったんだろう」

「ひどい！」

短く叫んで真央が唇をわななかせた。

「自分の気持ちを隠して好きな男の女に近付き、友人を装って恥をかかせる方がよほどひどくて悪趣味だ」

「関係ない人は黙っててよ！」

「そうだな。三人の痴情のもつれは俺には関係ない。だが、もう一つだけ」

「なんなのよ！」

「こういう時の女の涙は、効果的な男とそうでない男がいる。相手を見極めて使わないとかえって逆効果になるぞ」

ちらりと怜史が弘樹を見やると、ためらいがちに頷いてから弘樹は言った。

「……光が米田と違うタイプってこの人が言ったの、見た目だけじゃないから。まあ俺、もとからアクティブな子が好きだけど、光は話してて楽しいし、一緒にいてラクだし、食べ物やスポーツの趣味も合うし――」

律儀に「理由」を述べ始めた弘樹を真央が遮った。

「もういい！」

街灯の下でもはっきり判るほど顔を紅潮させて、真央は駆け出して行った。


真央の姿が見えなくなってから、弘樹が切り出した。

「光、ごめん。あんな言い方しかできなくて……後から、光なりに努力してくれたんだなって思ったんだけど、謝るタイミングがつかめなくて」

「ううん、あれは自分でも怖かった。電車に乗る前には確かめたんだけど、降りた時は時間がなくて――それよりごめん、私、ブレスレット失くしちゃった」

「いやそれは」

「君が持ってるんだよな？」と、怜史。

「え、そうなの？」

驚いてイズミは光と一緒に弘樹を見た。

「実はそうなんだ」

ジャケットのポケットから弘樹がブレスレットを取り出した。

「和泉さん、どうして判ったんですか?」と、イズミは訊いた。

「さっきヒロくんが言ったじゃないか。上野に戻った時、俺たちが行ったり来たりしてたから、ブレスを捜してるんだなって、判ったと。光さんが落とすところを見ていたから、落し物がブレスレットだと判ったんだ。もしかしたら、手が引っかかったような、というのも君じゃないのか?」

「そうなんです。追いかけた時、手をつかみ損《そこ》ねて……光が気付かずに行っちゃったんで、呼び止める気失くしちゃって」

「その割には、デパートではすごい形相《ぎょうそう》でこっちを睨《にら》んでいたな」

「そりゃそうでしょう。知らない男が馴れ馴れしく、彼女と自分があげたアクセの話をしてるんだから。……このブレス、あなたみたいな人には大したものじゃないかもしれないけど、俺には大きな買い物だったんです。金もそうだけど、光につけてもらえそうなアクセで、一応その、意味のあるものを選んだつもりで」

シンプルだが留め金の裏にハートマークの入った、恋人たち御用達《ごようたし》のアクセサリーだそうである。ホワイトゴールドにしたのは、遠慮がちな光にシルバーだと思い込ませるためだった。

「馴れ馴れしくしたのはただの演技だ。君が嫉妬心《しっとしん》を見せれば、まだ光さんに気持ちがあると証明できると思っただけで、数万円のアクセサリーを見ず知らずの女の子にぽんとあげられるほどの甲斐性《かいしょう》は俺にはないよ」

おずおずと弘樹は光の手を取って、その手首にブレスレットをつけた。

「あんなに高いって、知らなくてごめん。私、アクセとかよく知らなくて」

「判ってる。いいんだ。俺の自己満足なんだから。恥ずかしかったのもムカついたのも、すぐに後悔したんだよ。でもなんて言って仲直りしようか迷ってる間に次々いろんなことが起きて――ほんとごめん」

「私の方こそ」

「ごめんはもういいだろう」

光を遮って怜史が言った。

「ブレスレットも見つかったし、あの女もいなくなった。俺たちももう行くから、二人はこれからデートを楽しめばいい」

「そうだよ」と、イズミも頷いた。「動物園はもう閉まっちゃったけどね」

時計を見ると十九時少し前である。

「動物園に行く予定だったのか」と、怜史。

「え？　上野といえば動物園でしょう。あ、アメ横に行くんだった？　だったらまだ大丈夫だね」

「――上野といえば博物館か美術館だろう。金曜日だから、西洋美術館ならあと一時間は開いているぞ」

　怜史と揃って二人を見やると、光が気まずそうに口を開いた。

「ええと私たち、合羽橋《かっぱばし》を回ってからスカイツリーに行くつもりで……」

　合羽橋には調理器具や衣類、食器などを扱う道具街がある。スカイツリーは言わずと知れた東京の有名デートスポットの一つだ。

「道具街はもう閉まってるけど、スカイツリーはまだ開いてるから、そっちへ行こうか？　な、光？」

「うん」

　はにかみながら手をつないだ弘樹と光が見つめ合う。

「スカイツリーか。いいね。行ってらっしゃい」

　少しあてられて言ってから、イズミははっとした。

「ちょっと待って、光さん。もう一つだけ訊きたいことが」

「はい」

「光さんがレズビアン云々というのは、確かに私が言い出したことだけど、でも光さん、その前に——最初に会った時に自分は男だって言ったよね？」

「……はい」

「どうしてそんな嘘を言ったの？　あれがあったから私、光さんのことをレズビアンの男役だなんて勘違いしちゃったんだよ」

「それは、あの」

「いつもマニッシュな恰好の光さんだけど、真央さんから、ヒロくんがもうちょっと女らしくして欲しいって思ってるって聞いた。それで真央さんのアドバイス通り、女の子らしい恰好をしてデートに行くことにしたんだけど、服選びにもメイクにも失敗してしまった。そんな光さんを見てヒロくんはつい駄目出ししちゃって、光さんはそれがショックで逃げ出した」

「……その通りです」

「じゃあ別に、嘘つく必要なんてどこにもなかったんじゃないかな？　どうして初めから女の子だって教えてくれなかったの？」

「それは……」

「それを光さんに言わせるのは無粋というものだ」と、怜史が口を挟んだ。

「どういうことですか？」

「光さんが嘘をついたのは君のためだ」

「え？」

「君が男に賭けたから、光さんは自分が男だと言ったんだ」

「ええっ？」

「ごめんなさい」

　小さく頭を下げてから光は言った。

「私、嬉しくて……あの時はヒロくんに嫌われたと思ってたし、駅や電車で知らない人たちに変な目で見られて、恥ずかしくて……その上ブレスまで失くしちゃって。泣きそうになったけど、ここで泣いたらもっとみじめになると思って我慢してたら、折川さんが声かけてくれた。それがすごく嬉しかったんです。だから和泉さんが賭けのこと言った時、私が女だと折川さんが賭けに負けちゃうと思って――」

「あ」

「なんとなく男だと疑われてたみたいだったから、男のふりして通そうと思ったんです。どうせ二人ともその場限りで、また会うこともないと思ったから……」

「そうだったんだ……」

「和泉さんにはばれてたみたいで――真央が私を尾行してるっていうのも、和泉さんが教えてくれたから、折川さんがお仕事に行ってる間に事情をお話ししたんです。その間も真央がずっとつけてくるので、とにかくあの派手なスカートを着替えようと思っていたとこに消えるから――

芝居して欲しい。まずは真央を追い払うことに集中しよう。上手くいったら俺たちはすぐ

――折川さんはこんな感じで微妙に勘違いしてるんだが、ここは一つ、彼女のために一

「ええ。それで折川さんが百均に行ってる間に、和泉さんに頼まれて」

「私が戻って来た」

ろに――」

そんな風に怜史は光に頼み込んだという。

そういえば光さんも、とイズミは思い出した。

――和泉さんが折川さんの気持ちを考えて行動していることは確かです――

二人とも私のことを考えて、「男」で通そうとしてくれたんだ――

「そういうことだったんだ……」

「そういうことだ。納得したなら、そろそろ二人を解放してやれ。時間がもったいないだ

ろう」

「そうですね。光さん、ヒロくん、引き止めてごめんね。でもすっきりした。ありがとう。

デート、楽しんできてね」

「こちらこそありがとうございました」

揃って頭を下げた二人に、怜史はにっこり微笑んで小さく手まで振ってみせる。

手をつないだ二人は足早に階段の方へ歩いて行った。

その後ろ姿をほっこりとした気持ちで見送ってから、イズミは怜史を見上げた。

「和泉さん、普通に笑えるんですね」

「――いわゆる営業スマイルだ。TPOはわきまえていると言ったろう」

一瞬にして真顔に戻った怜史が言った。

「……そうらしいですね」

呆れつつ、つぶやいてからイズミは続けた。

「それにしても、二人が仲直りできてよかったです。カップルにありがちな、ちょっとしたすれ違いだったんですよ。コミュニケーションさえちゃんとしてれば、その場で解決できた筈なのに……男の人って、ヒロくんみたいな人多いですよね」

「まるで弘樹に非があったかのような言い方だが？」

「だってそうじゃないですか。和泉さんは男性だからヒロくんに同情してるのかもしれませんけど、無神経じゃないですか？『なんだそれ』とか『変だよ』とか……たとえそう思っても言い方ってものがあるでしょう。思いやりに欠けますよ」

「思いやりに欠けていたのは光の方だ。あんな突飛な恰好で来るなら、事前に一言あってもいいだろう。もしくは真央なんかに助言を求めず、初めから弘樹の好みを訊けばよかったんだ。あの手のサプライズこそ思いやりに欠けるし、あのメイクだってどんな意図があったのか判ったもんじゃない」

「意図なんてないですよ。あれはどう見ても事故でしょう?」

「事故かどうかは、女のファッション——こと化粧に関しては判断し難い。俺ならあの季節外れのハロウィンと思しき恰好を見た時点で、何らかの主張を疑うところだ。つけ加えるなら先に『変』だと言ったのは光だぞ。『やっぱり変?』と問うた光に『変だよ』と返した弘樹に非はないだろう」

「いや、ですから、彼氏ならそこはもっとやんわりと……」

「やんわりとした回答が欲しいのなら、断定的な質問は避けるべきだ。これは光自身が否定的に思っていたことに対して、強い同意を求められた弘樹がそうしたにもかかわらず、置き去りにされたという無体《むたい》なケースだ」

「無体って……」

「弘樹の反応は過剰だったかもしれない。だが、気の置けない、身内のような関係だからこそ歯に衣《きぬ》着せぬ言い方をしたともいえる。つまり弘樹の正直な返答は、光に対する親しさ——立派な愛情表現だと俺は思う」

「……思うのは和泉さんの勝手ですけど、それって経験者談ですよね? 過去に個人的に似たようなケースがあったんでしょう?」

「そう想像するのは君の勝手だ」

「和泉さん、コミュ力高いのか低いのか判らないですもんね……」

「コミュニケーションだけが全てじゃない。ちょっとしたすれ違いだと君は言ったが、簡単な事件が簡単に解決できるとは限らない。運やタイミングによっては、些細なきっかけが大事になることだって少なくないんだ」

「それも経験者談ですよね？」

「ノーコメント」

「もう！　どうせ私は単純で、和泉さんみたいに人生経験豊富でもないし、達観してもいませんよ」

あっさり肯定するかと思いきや、眉をひそめて怜史は言った。

「達観なんてとんでもない。俺は君より十年ほど長く生きてるが、聖人でも仙人でもないただの四十男だ。平均寿命からしてもまだ人生半ばで、知らないことも納得いかないことも山ほどあるから悟りの境地にはほど遠い」

ただの——というのは語弊があると思ったが、謙遜《けんそん》ではなく本心らしい。

「確かに、聖人や仙人にはほど遠いですね」

嫌みをこめつつも同意すると、怜史は微かに頷いてからイズミをうながした。

「さ、俺たちも早く行こう」

「え、どこへ？」

「焼肉に決まっているだろう。無論、君のおごりで」

「ええ？」

思わず声が高くなったイズミに、怜史は平然と続けた。

「賭けを取りやめるのを取りやめると君が言った。勝敗ははっきりしている。あの車両に最後に乗車したのは光で、その光は身も心も女だったんだから、俺の勝ちだ」

「え、だって、私のために一芝居して欲しいって、光さんに頼んだんですよね？」

「君があまりにも想像力逞《たくま》しいのでつい」

「つい、って。その方がより面白くなると思ってたんでしょう？」

「否定はしない」さらりと言ってから怜史は続けた。「しかし、弘樹が出て来るのが思ったより遅かったな。いい加減、腹が減って困っていた」

「あ、だから早く二人を追い返そうとしたんですね」

「追い返そうとしたなんてとんでもない。あの二人には、昔取った杵柄《きねづか》で気持ちよくお帰りいただくことができたと思う」

「私も気持ちよくお帰りしたいです」

「じゃあたくさん牛肉を食べるといい。アナンダマイドが君をより幸せにしてくれるだろう。俺くらいの年になると量より質を求めたいが、君が質より量を求めるなら食べ放題でもいいぞ？　ご馳走してもらう身で贅沢を言うつもりはない」

ふふんと笑ってから、思い出したように怜史は付け足した。

「今のは営業スマイルじゃないぞ」

「……判ってますよ」

まったく、もう――

大仰に溜息をついてみせたが、本気でむくれてはいなかった。

光たちの仲直りに、怜史がかなり貢献したのは事実である。

まあいっか、焼肉くらい……

「行きましょう。ご馳走します。私に二言はありません」

「よく言うよ」

小さく噴き出した怜史を形ばかり睨んでから、イズミはスマホを取り出した。

「小岩井さんが教えてくれた焼肉屋が新橋にあるんですが、そこでいいですか？」

「山手線で行けるな」

「山手線で行けます」

「ならとりあえず駅に戻ろう」

「そうしましょう」

頷き合い、上野駅に向かうべくイズミたちは並んで歩き出した。

本書は書き下ろしです。

Haruki Bunko
ハルキ文庫

ち 2-5

山手線謎日和《やまのてせんなぞびより》

著者
知野《ちの》みさき

2017年12月18日第一刷発行

発行者
角川春樹

発行所
株式会社角川春樹事務所
〒102-0074 東京都千代田区九段南2-1-30 イタリア文化会館

電話
03(3263)5247(編集)
03(3263)5881(営業)

印刷・製本
中央精版印刷株式会社

フォーマット・デザイン 芦澤泰偉
表紙イラストレーション 門坂 流

ISBN978-4-7584-4137-7 C0193 ©2017 Misaki Chino Printed in Japan
http://www.kadokawaharuki.co.jp/ [営業]
fanmail@kadokawaharuki.co.jp [編集]　ご意見・ご感想をお寄せください。